少年的友情就像一隻蝴蝶一樣絢麗而盲目。

七月與安生

短篇小說集

慶山

七月與安生
短篇小說集

自序

簡體版名《告別薇安》的《七月與安生》出版於二〇〇〇年。這是我的第一本書。

作為正式出版作品的起始，這本少作曾被外界貼上許多概念炒作的標籤，附加在它之上的攻擊、偏見種種是非不算少，它的命運彷彿註定在爭議之中開始。這些評語包括「有毒的、頹廢的」。

現在寫作已持續十六年。隨著之後寫作經驗的積累，回頭去看，它的確是不算成熟的作品。是一個沒有受過任何寫作專業訓練的新人，在當時僅僅出於興趣和動力創作的一部作品集。大多數故事在一夜之間即興完成，並且沒有修改。類似於私人化的寫作練習。

我從不曾覺得它是完美的，但它的確充滿真誠，並因此而散發出其自身的獨特力量。

這種真誠在於，書中的故事，對殘酷青春的黑暗部分，沒有任何隱瞞和矯飾，把人置身於困惑、迷惘、孤獨、漂泊之中的種種強烈的感應，袒露無疑。如果人的旅途，一定是會先通過一段雜亂無章、充滿創傷的森林和沼澤之地，《七月與安生》代表的是這個階段的探索。這個探索階段，帶給許多有相同感受的人，一種啟示和共鳴。即便這種啟示和共鳴，有一種極端和創傷感。雖然故事多有重複，技法單薄，但它發出自己的聲音。這也是當時暢銷一時的原因。

《七月與安生》具有當下階段的意義。十六年之後的我，隨著閱歷、生活的變遷，在許多心境和感受上，已與那個階段迥然不同，但它代表的是青春，代表針對青春的最早期的寫作。相信那些早年的讀者，隨著自身成長，也已獲得對事物和外界的全新認知。但如同一位少年時候的祕密朋友，《七月與安生》對他們來說，可當作是對自己青春時代的紀念。

十六年間，這些讀者有些一路與我一起遠行，因此見證自己和一位作者相依並存的變化。有些僅僅停滯在早期，基本上對我後來的作品缺少瞭解。斷論與攻擊其實從來沒有停止過。這也提示我們，應該對自己和他人具有一定的理解力。人的心被外界麻木之後，如果失去對心靈的探索和感知，是一件可惜的事情。年少的極端、強烈並不是問題，而是我們在此中獲得轉化、成長的基礎。重要的是以此為起點，讓心擁有更深遠的道路。

作為一個寫作的起點，《七月與安生》從未失去過它的真誠。這是它對我的寫作所具備的寶貴之處。對讀者來說，亦是。

慶山

二〇一六／四／九　北京

告别薇安

他不知道她在哪裡。

這樣也好，也許她就會隨時出現。這個遊戲一開始就如此容易沉淪，他不知道是遊戲本身，還是因為這僅僅是屬於他和她之間的祕密。

他不記得是某月某日，在網上邂逅這個女孩。ＩＲＣ裡她的名字排在一大串字母中。Vivian，應該是薇薇安。可是他叫她薇安。

也許是週六的凌晨兩點。失眠的感覺就好像自殺。

他在聽帕格尼尼的唱片。那個義大利小提琴演奏家，愛情的一幕。音樂像一根細細的絲線，纏繞著心臟，直到感覺缺氧蒼白。他輕輕按兩下她的名字，Hi。然後在紅色的小窗裡看到她的回答，Hi。同樣的簡單和漫不經心。

他：不睡覺？

安：不睡覺。

他：帕格尼尼有時會謀殺我。

安：他只需要兩根弦。另一根用來謀殺你的思想。

他：呵呵。

安：呵呵。

就這樣開始。

聊了很久。中途他們休息三分鐘，他去倒咖啡，站起來的時候撞倒一把椅子，然後又重新開始。對話原來和下棋一樣，是需要對手的，勢均力敵才能維持長久的趣味。他們繼續時而晦澀時而簡單的語言。天色發亮的時候，她說她得去睡覺。他們沒有約再見的時間。

他在廁所裡用冷水沖澡。探頭去看鏡子，看到一張麻木不仁的臉。其實他害怕的只是被寂寞謀殺。沒有對手。在現實的人群中，他的視線穿越過城市在樓群間的狹長天空，腦子裡卻是一片空白。

每天早上他坐地鐵去公司上班，在地鐵車站買一杯熱咖啡，然後在等車的間隙把它喝完。從地下走到地面的時候，他總是習慣性微微瞇起眼睛。燥熱的陽光像生活一樣讓人感覺侷促。大街上到處是塵土和物質的氣息。

他：我是個喜歡陰暗的人。

安：我知道。就好像我知道你肯定是喜歡穿棉布襯衫的男人。你平時用藍格子的手帕。你只穿綁帶的皮鞋，從不穿白襪子。你不用電動剃鬚刀。你用青草味道的香水。你會把咖啡當水一樣地喝。但是你肯定很瘦。

他：還有一點妳肯定不知道。

安：？

他：？

走出地鐵車站以後，他要經過大街中心的一個廣場。那裡有大片的櫻花樹林，是他眼中這個城市最溫情的地方。走進公司所在的大廈，在等電梯的時候，他低下頭，輕輕呼吸殘留在肩上的花朵清香。衣服上常常黏著細小的粉色花瓣，他把它們摘下來咀嚼。

那一天。也是在電梯裡，喬對他說，它們有味道嗎？她是他的同事，不在同一個部門。他面無表情地看著她。他說，也許和妳的嘴脣一樣。喬微微吃驚地睜大眼睛，然後她笑了。

這個女孩喜歡喝冰水。喜歡的裝束是白棉布裙子，光腳穿球鞋。頭髮很長。有漆黑明亮的眼睛。不化妝。十二歲暗戀班上的英俊男生。高中時最喜歡的男人是海明威。

安：你知道海明威是怎麼死的嗎？

他：不知道。

安：他把獵槍塞進自己的嘴巴，一扣扳機……

他：嗯。

安：然後他整個頭蓋骨都被掀飛。

他：很慘烈。

安：不是慘烈。

安：僅僅是他喜歡的方式而已。

他：妳喜歡他的方式？

安：呵呵。

安：是的。我常常想，人應該如何決絕地處理自己。

安：可是生活已經把我們折磨得半死不活。

他不是太確定會有這樣的女孩存在，他是在網上認識她的。他沒有見過她的樣子。在現實生活裡，似乎並沒有這樣有趣的女孩。她的想法有時使他懷疑她是個男人，可是她是可愛的。她有她自己的談話方式，他同樣喜歡。

那個深夜又與薇安在網上相遇。他說，出來見一面好嗎，我們去吃冰淇淋。她曾告訴他喜歡吃冰淇淋。她說，是南京路上的伊勢丹嗎，那裡有一家。他說隨妳挑吧。

他一直相信她和他在同一個城市。在聊天的時候，她有很好的情趣和他談論Kenzo的新款香水。她告訴他，她喜歡上海的地鐵。在月臺上等候，她常常有一種欲望。想突然地跳下去，然後當地鐵呼嘯而來，再奮力爬上臺階。她說，她喜歡這種幻想。

你喜歡看海嗎，她說，大海是地球最清澈溫暖的一顆眼淚。他在那裡笑她，但是上海只有一條髒髒的黃浦江。

他很清楚她不會輕易答應出來和他見面。有一段時間，上海的網友習慣這種聚會。十多個人一起出去喝酒，打保齡。男人比較多一些。當然他也曾和女孩約會。網路是接近陌生人的最安全方式。他和近二十個網上認識的女孩見過面。有些一起吃頓飯就散了，再也沒有見過下一次。也有例外的，比如他的前任女友蕾絲，是他見過的網路女孩裡面最漂亮的一個。

這段輕率的戀情持續了六個月。那是一種獵手般迅速的好奇心和征服欲望，後來感覺到它的殘酷。沉寂了很長一段時間。像一個暴食的人，有了一個空虛的胃。

他只是這樣地問她，沒有抱任何期望。

聊天也是好的。光著腳盤坐在大藤椅上，有時會拿一條藍色的碎花毛毯蓋在肩頭和膝蓋上。中途會再去煮一壺咖啡，常常會因為腿麻又恍然地碰翻什麼東西。凌晨，他們下網。照例數到一至三，然後一起鍵入Quit，這是他需要分享的溫暖的一刻。這種感覺使他沉淪。可是他相信自己是清醒的，清醒地投入網路的虛擬和情緣的迷離之中。

他開始想念她。下班，在地鐵車站上，想著深夜對談時一些可愛的細節。她的邪氣慧黠的腔調，那些晦澀簡單的語句。他未曾遇見過這樣冰雪般凜冽的女孩。

有一次，他們在網上談到愛情。

安：還記得第一次和女孩做愛的情形嗎？

他：記得。

安：印象最深的是——

他：她眼中的淚水，流到我的手指上，很溫暖。

安：你的手指從此失去了貞潔。

他：呵呵。

安：呵呵。
他：為什麼要問這個。
安：想知道你的心裡是否還有愛情。
他：也許還殘餘著百分之十。我感覺它即將腐爛。
安：不相信愛情的人，會比平常的人容易不快樂。
他：妳呢。
安：有時候我的心是滿的。有時候是空的。

他擠在下班的人潮中，湧進地鐵車廂。微微的晃動中，車廂裡蒼白的燈光照亮黑暗的隧道。他四處觀望了一下，突然感覺她也許就在他的身邊，是陌生人群中的任意一個。車廂裡的年輕女孩，很多是office lady，一律的套裝和精緻的妝容。但是他感覺她不會是這一類。她在網上似乎是無業遊民，無所事事的散淡樣子，而且常常深夜出現。

他想如果她在這裡，她會辨認出他。一個固守自己生活方式的男人。穿棉布襯衫和綁帶絨面皮鞋。平頭。用草香味的古龍水。也許她正在暗處發笑。但是她不會上來對他說你好。她只是暗暗發笑。

因為開始留心，他才注意到那個女孩的存在。

每天早上，她都和他在同一個月臺上，等不同方向的一班地鐵。短短的一段時間裡，她在那裡和他一樣神情冷淡，帶一點點慵懶。她穿寬大的洗舊的牛仔褲和黑色T恤，瘦瘦的手腕上套一大串暗色的銀鐲，頭髮漆黑濃郁，光腳穿繞著細細帶子的麻編涼鞋。她喜歡斜背一個大大的背包，有時從那裡扯出一副耳機，塞著耳朵。聽音樂的時候，她的臉色顯得更加的疏離和冷漠。他一直想知道，她聽的是否是帕格尼尼。

有時候，他想他應該突然地走上去，對她說，薇安，喝杯咖啡吧。如果是她，她會邪氣而天真地抬起頭看他，用她慣有的似乎不懷好意的笑容。如果不是她，那麼她會扭過臉去。可是，他想留出多一點的時間看她。悠閒而篤定的。這個遊戲他可以控制結局。

週末，公司去酒吧聚會。喬走過來請他跳舞。喬說，還記得我的嘴唇嗎？她側著臉在陰影中對他微笑。他抱住她，發現她已經醉了。John走過來拉住喬的手臂，妳醉了，我送妳回家。公司裡的同事都知道John對喬的暗戀。雖然喬有一個在英國工作的攝影師男友。

喬推開John的手。她薔薇般醺然的臉頰伏在他的肩上。她睜著眼睛看他。林，和我跳舞。他看了看身邊尷尬的John。他把她拖出了酒吧。

已經是午夜。在狹小的公寓電梯裡，她再次仰起臉問他是否還記得她的嘴唇。他面無表情地看著她，然後突然地把她推倒在電梯門上。他粗暴地親吻她。她輕聲地說，我很久沒有做愛。他去英國已經兩年，我沒有和任何男人做愛。她脣上的口紅開始頹敗，像被燒灼著的花瓣，無法自控。

他不記得和她做了幾次，最後在一種恍惚的狀態中陷入沉睡。在她的撫摸中他清醒過來。他再次要她。她臉上扭曲著痛苦的表情，低聲哀求他。他把她的長髮拉起來，告訴我，妳不會愛上我。他聽到自己麻木的聲音。

她在羞恥和快樂中，仰起如花般盛開的臉。我不會帶給你任何麻煩，林，你是自由的。她的眼淚從眼角滑落。他的手指輕輕地顫動了一下。眼淚的溫度超出了他的記憶。

黃昏的地鐵車站發生一起事故。

地鐵呼嘯而來，一個中年男人突然飛身躍向軌道。緊急的煞車聲和尖叫在空氣中凝滯。他夾在混亂的人群中，看了看出事的位置。鮮紅的血跡呈噴射狀。他看到一隻僵硬的手輕輕攤開在那裡。什麼也沒有抓住。

他擠出人群的時候，看到那個黑衣女孩。她的耳朵上塞著耳機，遠遠地站在那裡，若無其事的樣子。他走向出口通道。他突然覺得胃裡有空虛的燒灼感，通道口湧進來的陽光使他睜不開眼睛。他再次轉回身去。深夜，他和薇安剛剛討論過生命的末日。他也許永遠都不會見到她。

他看到那個女孩走過來。他平靜地等著她走到他的身邊。然後他說，薇安，喝杯咖啡吧。

女孩那天穿的是一件黑色的高領無袖的棉T恤，手腕上一大串銀鐲發出清脆的撞擊聲音，眼角塗著銀白的亮粉。是這個夏天女孩最鍾愛的妝容。她的左眼角下面有一顆淺褐色的眼淚痣。

她抬起臉看他，她沒有笑。可是我的名字是Vivian，她說。她的聲音是有些沙的，寂靜的感覺。

他帶她去了他每天早上買咖啡的店鋪，Happy Cafe。他問她，妳喜歡喝哪一種咖啡。她說，Cappuccino。而他的口味是Espresso，他不介意這個小小的差別。

他說，那個男人肯定是死了。女孩淡淡地用手指撫摸著盛咖啡的白瓷杯子。死亡是很平常的事情，也許他剛失業，也許他面臨離婚，也許他上當受騙，也許他僅僅是厭倦。女孩把她的耳機放進包裡。她說，如果他挨過那一刻，他就可以喝杯香濃的咖啡。

Vivian在一家廣告公司做平面設計。他們有一些隨意的約會，常常就是在Happy Cafe。

她稱他為咖啡男人，因為他的生活不能缺少這種沉鬱苦澀的液體。他終於搞清楚她聽的音樂，不是帕格尼尼，而是Ban的低音薩克斯風。

她是個獨特的女孩，臉上慣有那種淡漠的表情。陪著他喝咖啡的時候，她的話非常少。

有時他把自己的手覆蓋在她的手指上，他輕輕地撫摸她指尖的那部分肌膚，她就抬起眼睛，似笑非笑地看著他。

他帶她去吃冰淇淋。帶她去真鍋，那家華亭路上的日本咖啡店。帶她去Time Passage。所有他曾在網上對薇安聊到過的地方。陰暗的光線下，他看著她眼角閃爍的那顆褐色淚痣。他不想輕易地親吻她。她堅持他得叫她Vivian。

她說，我不想做你想像中的那個人。你其實是個非常自私的男人，你知道嗎？

也許，他想。自私的男人才會二十九年如一日地穿棉布襯衫和綁帶絨面皮鞋，Kenzo的青草味香水一買就一百毫升。他習慣了自己的感覺，而身邊的這個世界遠遠不符合他的夢想。

他在網上又遇見薇安。他想起地鐵女孩潔白的手指輕輕放在咖啡杯上的樣子。

他：如果明天就是末日，妳會和我見面嗎？

安：不會。

他：為什麼？

安：感覺我們也許每天都在擦肩而過。或許一生都不會謀面。

安：讓世界保持它一些神祕的方式，而且成人的遊戲我們需要規則。

每週他去喬的公寓一兩次，如果喬打他電話。

喬很清楚他們的現狀。在她的男友從英國回來之前，他們是彼此寂寞和慾望的填充。當然，他們也隨時可以分開。她給他做晚餐。有時半夜醒過來，看到身邊這個熟睡中的男人。他的臉是英俊的。平時的冷漠表情在睡眠中顯得溫情，像一個天真的孩子。男人在吃飯和睡覺的時候，是可愛的瞬間，回復他們人性中甜美脆弱的一面。她輕輕地撫摸他。她知道他們的身體痴纏太久，所以靈魂越走越遠。

又或許，她根本始終都未曾掌握過他的靈魂。

她記得他在電梯門口咀嚼著櫻花花瓣的樣子，他的身上散發淡而流離的花香，他的眼睛顯得憂鬱。當一個女孩覺得她不太容易瞭解那個男人的時候，她會愛他。喬也一樣。喬發現自己已無法選擇堅強。

試著問他，如果有孩子了……喬小心地看著他的眼睛。他的眼睛是冷漠的。

他說，妳自己要小心，這是不應該發生的事情。

可是，喬軟弱地撫摸著自己的手指，如果有了呢。

他一動不動地看著她。他說，不要給妳我找麻煩，請妳記住。

Vivian。他輕聲地叫她，看著她側過臉來疑問的溫柔的表情。在地鐵空曠的月臺上，地鐵呼嘯的聲音遠遠地消失。他相信這是她和他玩的一個遊戲。只是現在這個遊戲裡處於控制地位的角色開始轉變。如果她承認她是薇安，那麼她就是。如果她不承認，那麼她至少是 Vivian。

在深夜的聊天裡，他對著一臺螢幕，聽到自己的手指在鍵盤上敲擊的聲音，孤獨的聲音，就好像血液在脈管裡翻湧。她的語言一句句地出現，一句句地消失。隨時都是末日。

再見的時候他們開始有晚安吻，她打上一個*號。在他感冒的時候，在他對她說他覺得有些冷的時候。她說，好好睡覺，乖。然後隨著 Quit 的鍵入，一切終止。

Vivian 是他觸手可及的女孩。至少他有一部分幻想在她的身上。愛情也不過就是如此的幻覺，使他暫時忘記自己在喬身上的慾望，那些無恥的冰冷的慾望。

他說我想告訴妳 Cappuccino 的製作方法：將深烘焙的咖啡倒入杯子，加上砂糖和一大杓鮮奶油，再撒些檸檬片。柳橙片也可以。然後是肉桂。

Vivian 笑了，你可以去 Cafe 打工，如此專業。

他說，我大學畢業時，最想做的工作是在酒吧調酒和煮咖啡。夜色沉寂而迷亂，是他喜歡的時段。漂亮女孩獨自坐在吧檯的一角抽菸。咖啡的濃香與菸草和香水交織。唱片放著謀殺人思想的帕格尼尼，無止境的感覺，可以深陷。然後白天睡覺，與日光之下的世界隔絕。可是現實不容許他過如此散淡的生活。他每天都頂著陽光在鋼筋水泥的城市裡穿行。

我是個喜歡陰暗的男人，他說，他輕輕地在陽光下瞇起眼睛。

世界再次強迫他赤裸地出現在日光之下，光線似乎可以在剎那間讓他灰飛煙滅，燒灼的感覺如此疼痛。當喬在電梯門口對他說，她已經和在英國的男友分手，她有了孩子。所有等電梯的公司同事都在那裡，並非不知道他和她之間的隱情。可是喬就是要大聲地讓他們知道，他對她負有責任，他必須對她負責。John 走過來，表情複雜地說，林早點讓我們吃喜糖。同事笑著開始調侃。

他不動聲色地站在那裡。他的眼睛刺痛而暈眩。他在被迫的情緒中感覺到自己的厭惡。

這一天是喬二十四歲的生日。那個黃昏天色異常陰暗。他盡力控制著自己，走出地鐵車廂以後，到 Happy Cafe 買熱咖啡喝。喬打通他的手機。她說，晚上你過來。他沉默沒有說話。女人在陷入痴情以後開始變得愚蠢，他對她的愚蠢已經厭倦。他聽到她在那裡哭泣，她說，你不過來我就死給你看。她掛上了電話。

他從沒有想到過婚姻。這是可笑的。喬違背了他們這個遊戲的規則。

我不會帶給你任何麻煩，她說過。然後她一意孤行。

他開始想念薇安。他有五天沒有在網上遇見她，她行蹤不定。這是倒楣的一天，他想。

他會在網上對她說，我不快樂。薇安。然後薇安會打出一個問號，用他們慣有的默契的方式。她總是給彼此留出足夠的餘地，她如此冰雪聰明。

晚上他在網上等待薇安。他的咖啡一點點變冷，眼皮突突地跳。他預感她今晚也許不會出現，他被內心的孤獨感折磨得崩潰。他又開始想念喬溫暖的身體。他只需要她的身體，不是全部。

十一點，他關掉電腦。他穿上棉布襯衫，灰色襪子和綁帶的絨面皮鞋。空蕩蕩的大街上，路燈光是慘白的。他攔了一輛 taxi，直奔喬的公寓。電梯依然狹小悶熱，讓他想起那個狂亂的夜晚，喬薔薇般醺然的臉在他的手心中如花盛開。某一個時刻裡，他們一樣的孤獨，所以彼此需要。可是他不愛她。

他的心裡還有百分之十的愛情，但並不屬於這個世界。

喬打開門的時候，房間裡一片漆黑。他們沉默地對視了幾秒。然後他反手關上門，像一隻獸一樣沉默而粗暴地把她推翻在牆壁上。為什麼快樂如此短暫易逝，當他離開她的身體時，他內心裡有惘然的無助。只有這一刻沒有孤獨，沒有對這個世界清醒的意識，才沒有絕望。然後喬打開了燈。他厭惡地擋住自己的眼睛，他說，我討厭光線，妳知道的。

她說，我們應該談談清楚。

沒什麼好談的。他疲倦地躺在床上閉起眼睛，我累了，要睡了。

喬固執地翻轉他的身體，她的眼睛是紅腫的。她真的不再美麗。她說，我很愛很愛你，林。她的眼睛空洞而悲哀地看著他。

不要說這種廢話，他說，妳可以嫁給John，嫁給任何一個想娶妳的男人。可我能給妳的，只是這些。就好像我在妳身上所需要的，也只是這些。請原諒我如此現實。我所需要的和所付出的必須同等。

喬不再說話。他關掉了燈。房間裡又回復漆黑。

他醒過來是凌晨三點，他的身邊沒有喬。風從打開的窗戶吹進來，是寒冷的。

他打開燈，房間裡寂靜空曠，只有牆壁上喬大幅的黑白照片，是她的男友去英國之前替她拍的。喬美麗的臉上有脆弱而天真的笑容。在現實中她不是他的同類，也不是他的對手。

只有 Vivian 才能和他共同玩一個遊戲，因為彼此都有冷漠的耐心。而喬是脆弱而天真的，她需要溫暖，需要諾言和永恆。

推開廁所的門，他看到喬躺在放滿冷水的浴缸裡。浴缸裡的水已經被血染成深紅，血從她懸空的手臂滴落在瓷磚上。她的臉仰在那裡，就像一朵枯萎的花朵。

他在撲鼻的血腥氣中，俯下身體劇烈地嘔吐起來。

最後一次從警察局出來。他疲倦地等在公司的電梯門口，沒有任何思想，也沒有了感覺。

電梯裡只有他一個人。緩緩上升，他靠在電梯壁上閉上眼睛，深深呼吸了一下。突然聽到一個溫柔的聲音，在那裡輕輕地喚他，還記得我的嘴唇嗎。他悸然地睜開眼睛，電梯還在微微晃動地上升。他額頭上的冷汗順著眼睛往下淌，他輕輕地說，我真的無法愛妳。抱歉。

門打開，沒有任何聲音。他鎮定著自己，大步走了出去。

公司是待不下去了。當他從總經理辦公室出來，看見所有的同事都沉默地站在外面看著他。他面無表情走到自己的辦公桌前，開始收拾東西。陽光從落地玻璃窗外照進來，他聽見強烈的光線照射在臉上所發出的灼燒聲音。John 擋在門口。他對 John

說，讓開。John 看著他，John 的眼睛裡沒有任何表情。然後 John 突然出手，狠狠一拳沉重地落在他的臉上。

他又聞到了血的黏稠的腥味。你這個禽獸。他聽到 John 強忍的聲音。

他用手抹掉自己鼻子下面的血，走了出去。

天氣開始變冷。廣場上的法國梧桐在風中飄落大片黯黃的葉子。人群一樣喧囂，生活一樣繼續。他穿過廣場，匆匆走向地鐵車站。走到車站裡小小的咖啡店，老闆笑著對他打招呼，你好久沒來，那個黑衣服女孩子來找過你好幾次。一杯熱騰騰的 Espresso 放在了吧檯上。他喝了一口。沒有任何人知道他遭遇的事情。地鐵車站每天都流動著大群的人，可是他們都是陌生的。沒有對談，沒有安慰。

除了薇安。或者 Vivian。

喝完第三杯咖啡，他看到 Vivian 從地鐵車廂裡出來。她沒注意到他。她在和一個四十歲左右的男人告別。那個相貌平庸但衣著不凡的男人隨意地親吻了她的臉頰，然後匆匆離去。他看著她。她朝 Happy Cafe 走過來。人群中她還是那個獨特的女孩，黑衣，長髮，充滿野性和神祕的氣息。她給人留下足夠的幻想空間。

可是他看到真實，真實總是會出現。

Hi，她對他微笑，你似乎消失了很久。

我殺了一個人，他說，我準備逃跑。跟我一起走吧。

他看著她。她的褐色淚痣在暮色中嫵媚地閃爍著，她的臉上始終是平靜的表情。她是他見過的淡定的女孩中表現最好的一個。他早該知道這樣的女孩，肯定有不尋常的經歷。

她的眼睛似笑非笑地看著他，如果這樣，我應該去舉報你。一些陰鬱的血液緩慢地流過他的心臟。

他說，不要欺騙我，告訴我，那個男人。

她迅速抬起頭。她的眼睛鎮定地看著他，她說，你想知道些什麼。她平靜地看著他。我從沒有想過欺騙你，如果你要知道，我可以告訴你。我和那個男人同居已經有三年，他永遠也不會離婚。但是他幫我維持我想要的物質生活。

妳自己為什麼不可以。妳有工作，有自己的思想。

你以為我有謀生的資格嗎？她冷笑，我什麼都沒有。我只是想這樣生活下去。不想貧窮，也不想死。

他看著她。他對自己說，一切都正常。是的。這個世界可以有足夠多的理由，讓我們產生對生命的欲望。不想貧窮。不想死。只是他心中感覺失望。只是失望。

為什麼會和我在一起，他說。他看著這個會沉默地陪他喝咖啡的女孩，想起那些輕輕撫摸她潔白手指的細節。他不知道他們是否愛過。

因為你在那天過來對我打招呼，她淡淡地笑，我從不拒絕生活給我的遭遇。更何況，你是如此英俊健康的年輕男人。

這個遊戲本可以一直玩下去。溫情而神祕地，持續在平淡乏味的生活裡，可是他揭穿了真相。她同樣是喜歡陰暗的女子。

好了，我先走吧。她說。她撫摸他的臉，林，你是這個世紀末日最孤獨的咖啡男人。世界沒有你的夢想，也沒有你躲避的地方。她手腕上的銀鐲滑落到手臂上，露出手腕上一排零亂的紅色傷疤。是菸頭深深燙傷留下的痕跡，慘不忍睹。她看到他吃驚的眼光。她說，我以前吸過毒，身上的紋身還在。

我真的是不瞭解妳，他說，從來沒有瞭解過妳。

但是為什麼要瞭解呢，她笑，我們始終孤獨。只需要陪伴，不需要相愛。

他沒有回家，也沒有吃晚餐。他走進最近的一個網咖。他只想等待薇安。突然他有深深的恐懼，害怕薇安會和 Vivian 一樣地消失。她是他生命最溫暖的安慰。他一直等著她。七點，八點，九點，十點。他在ＩＲＣ裡等待那個熟悉的名字。可是她一直沒有出現。

睜著痠痛的眼睛，他向網咖的老闆要了咖啡。他說，有帕格尼尼的唱片嗎？想聽那首《愛情的一幕》。年輕的老闆說，沒有。只有U2或者The Cure的音樂。他沒有再說什麼。他再次坐到電腦面前。他只在那裡打一行字，薇安，妳來。有人開了他的窗口。你是個不幸的傢伙，你愛上她了。又有人開他的窗口，對他說，你的等待註定落空。

外面似乎有雨聲。他在那裡對著電腦，他的心裡一片空白。那些曾經和薇安共同度過的夜晚，他對她訴說過他的童年，他的初戀，他殘缺的家庭，他內心所有的陰暗和光明。不會再有人像她那樣地瞭解他。可是他甚至不知道她是否真的是個女孩。

快凌晨兩點，老闆來提醒他即將關門。他沒有帶手機。他說，門外的那個公用電話號碼是什麼。老闆告訴了他。他在退出IRC之前，鄭重地對那裡的人請求。請告訴我等待的那個女孩，打電話給我。我會一直等她。一直。他把號碼和她的名字打在了上面。Vivian。但是我叫她薇安。

天空是暗藍色的，有大片堆積的灰色雲層。他走出網咖，呼吸到初秋冷冽清新的空氣。大滴冰涼的雨點打在他的臉上。他走到附近一個二十四小時營業的小店鋪，買了一包菸，八罐啤酒。然後他走進那個公用電話亭裡。他獨自等在那裡。

馬路上偶爾有汽車很快地開過，可是已經幾乎沒有行人，只有梧桐的黃色樹葉在風中大片大片地飄落。他抽菸，喝啤酒。他感覺到這種等待的感覺是溫暖的，就像薇安曾帶給他的安慰。最起碼他不感覺到孤獨，甚至他渴望繼續。兩個小時過去了，天色開始發白。他把臉靠在玻璃上，他哭了。然後電話突然響了起來。

他拿起話筒，聽到話筒裡傳來沙沙的聲音。他說，薇安，妳好。

是個女孩的聲音，清甜的，帶著磁性。是他沒有聽到過的美麗的聲音。女孩輕輕地笑了，是我。

他感覺到自己的眼淚滲入嘴角。他吮著它，淚水的滋味是鹹的。他差不多忘了。

他說，薇安。我在這裡喝完了八罐啤酒，抽完了一包菸。天下著雨。

為什麼一定要我打電話給你。

不知道，他說，我只是想念妳。見我一面，薇安。我不注重外表，妳對我如此重要。

女孩笑著說，我不是不敢見你。而且我也不在上海。

那麼我過來看妳，薇安。告訴我妳在哪裡。

她報給他一個城市的名稱，但是她不告訴他具體地址。她說，我不會見你。

為什麼。

以前告訴過你理由，我來過上海，上海和上海男人永遠是我的情結。可是我寧可在幻想中，你帶我去吃冰淇淋，帶我去西區的酒吧。不會有開始，也就不會有結束。

他說，我知道，妳需要一個完美的遊戲。可是我總不是那個能堅持到最後的玩家。

女孩說，只要有一個人能堅持到最後，這個遊戲還是會完美。

他看著玻璃上滑落的雨滴，城市的黎明已經來臨。他說，我馬上要離開上海了，也許會去澳洲。

女孩說，你不管在哪裡，總可以在網路上找到我。我在這裡。

聽我說完最後一句話吧，他輕輕地說。女孩在那裡沉默。然後他對著話筒，他說，謝謝妳，在這個夜晚和凌晨，耗盡我最後的百分之十的感情。我終於一無所有。

辦完簽證，他抽出一天的時間去了薇安的城市。

那個遙遠的海濱城市，在離他千里之外的北方。他看到她以前常在網上對他提起的大海，蔚藍的遼闊的大海。她說，大海是地球清澈溫暖的一顆眼淚。她喜歡看海。

然後他去逛街，城市有大片紅磚尖頂的歐式建築，古典的風情帶著憂鬱。街上到處是明亮乾爽的北方的陽光，到處是高挑漂亮的北方女孩。他想著她也許就是其中擦肩而過的一個。

他終於可以在心裡輕輕地對她說，再見，薇安。

七年

他常常會突然間地又看到她。一個下著暴雨的夏天午後，冗長的睡眠使他頭痛欲裂。他恍惚地伸出手去，想拿放在地上的茶杯，卻聽見喧囂雨聲。

他看見她從關著的門外走進來，像以前一樣，穿著牛仔褲，蕾絲內衣，長髮散亂地鋪在背上。她安靜地在房間裡走來走去，帶著一貫無所事事的表情。像以前早晨醒來，會看見早起的她在房間裡遊蕩。偶爾她深夜失眠，也會一個人神經質地在房間裡走動。輕輕哼著歌，不停地喝水，或者走過來撫摸他的臉。

他看著她。這一次，他知道他們不會有任何言語。

為什麼在愛的時候，心裡也是孤獨的。有時候，他會思考這個問題。爭執最凶的時候，他拖住她的頭髮，把她拉到廁所裡鎖起來。在黑暗狹小的房間裡，她失控地哭泣和尖叫，用力地拍著門。他毫不理睬，一個人自顧自地坐在地上看電視，抽菸。直到她安靜下來，沒有任何聲音。

夜色寂靜。他聞著房間裡淡淡的菸草味道，電視裡的體育頻道的聲音淹沒了一切。她的哭泣漸漸微弱。他體會著自己的心在某種疼痛中縮小成堅硬的小小的一塊石頭。

有一次，他在地板上睡著。醒來時是凌晨兩點，想起她還被關在廁所裡。打開門，看見她蜷縮在浴缸裡，裡面放滿涼水。她看見他笑了，臉上的表情單純而天真，好像忘記了所有的怨懟。林，我會變成一條魚。她輕輕地說。

他沉默地把她抱起來。和她做愛，想讓她疼痛，想在她疼痛的呼吸中沉淪。這一刻是最好的。淡淡的陰影中，他看到她的眼睛。她有時會仰起臉，似乎驚奇而陌生地看著他。他把嘴唇壓在她的眼皮上，吸吮到眼淚。她輕聲地說，好像什麼也沒有。他說，是的，什麼都沒有。什麼都會沒有。

他們是黑暗中兩隻野獸，彼此吞噬尋求著逃避。

那年八月，他帶著她去醫院。她穿一條藍色小格子的裙子，裙邊綴著白色的刺繡蕾絲，穿著一雙細細帶子的涼鞋。那一年她十七歲。他大學畢業進一家德國公司上班不久。

等著取化驗單的時候，她坐在椅子上，安靜地看著大廳裡走動的人群。濃密的漆黑長髮，略顯透明的皮膚。剛成年的女孩都像一朵清香純白的花朵，脆弱而甜美。旁邊有個剛打完針哭叫不停的小男孩，她對他做鬼臉逗他開心。小男孩愣愣地看著她，她大聲地說，你再看著我，我就要親你了。一邊咯咯地笑。是非常炎熱的夏天。那次手術差點要了她的命。

那一天沒有做，因為醫生量了體溫，認為她有些發燒。就在那天夜晚，他們又有爭執。是為了很小的事情。她突然打開門就往外面跑。他說，妳幹什麼。他跟著她跑到大街上，她淚流滿面，倔強地推開他的手，攔了一輛計程車呼嘯而去。那是她第一次顯露她性格裡讓他恐懼的東西。在大街上路人的側目中，他感到惱羞成怒。他那時並不完全瞭解她的心情。他只是疲倦，也許疲倦的深處還有對一個未成形生命的無助和懷疑。

她很晚才回來，臉上是縱橫的沒有擦乾淨的淚痕。他不知道她去了哪裡。他說，妳明天還得去醫院，妳又在發燒。妳這樣亂跑，讓我很難受。然後他說，我以後肯定是要娶妳的。妳應該原諒我。

她站在房間門口的一小塊陰影裡，輕輕地帶著一點點輕蔑地笑了。她說，我可以原諒你，可是誰來原諒我。

她在測體溫的時候動了小小的手腳。她的燒並不嚴重，是微微的低燒，但還是出了事情。醫生出來叫他的名字，他從等在外面的一大排男人中站起來。夏天熱辣辣的陽光透過玻璃照射進來，他突然睜不開眼睛。

那是他看到的非常殘酷的一幕。一個小小的搪瓷盆裡是一大堆黏稠的鮮血。面無表情的醫生用一把鑷子在裡面撥弄了半天，然後冷冷地說，沒有找到絨毛，有子宮外孕的可能。如果疼痛出血，要馬上到醫院來。否則會有生命危險。

她已經暈眩。他把她抱了出來，她的臉色蒼白，額頭上都是冰冷的汗水。她的身體在他的手上，喪失了分量。就像一朵被抽乾了水分和活力的花，突然之間枯萎頹敗。

他帶著她，輾轉奔波於各個大小醫院之間。不斷地抽血化驗，做各種檢查。她跟在他身後，順從地承擔著施加在身體上的各種傷害。她從一個脆弱甜美的剛剛成年的女孩，突然變成一個表情淡漠而懶散的女人，堅強而又逆來順受。

是從那時候起，她有了那種讓他感覺陌生的笑容。常常會逕自浮起來某種隱約的微笑，輕蔑的，帶有淡淡的嘲諷。可是他不知道她是在輕蔑嘲笑她自己，還是對他。

她對他說，她已經接連一個星期作那個夢。懷裡抱著一個小小的嬰兒，獨自在一條空蕩蕩的走廊中走路。走廊兩旁有很多房間的門，可是她又累又冷，不知道可以推開哪一扇門。

沒有地方可以停留。她輕輕地笑著說，我感到從未有過的孤獨。

那一年，他所在的公司有一個創意，需要招一個臨時的攝影模特兒。不要專業的。是要十五到十八歲之間的在學校裡的女孩。她是跑來應聘的一大堆女孩中的一個。一個一個地等著面試。他透過落地窗的玻璃看了一下，女孩們突然看見一個玻璃後面英俊男人，臉上的表情都有些發愣。然後一個有著漆黑且如絲緞般柔軟的長頭髮的女孩從人群裡走出來，隔著玻璃對他說，我們都渴了，有沒有礦泉水。

那是他第一次見到她。瘦瘦的，在女孩子裡面，她的外表不算出眾。可是她的獨立和古怪讓人無所適從。一雙明亮的眼睛平靜地看著他，沒有任何猶豫。

那時她在一個重點學校讀高中。她從小在姑姑家裡長大，父母離異，各奔東西。只有每年的起初，從不同的城市寄一大筆錢過來。但是她從不寫信，不打電話。她說，每個人都為自己而活。我們是該毫無怨言的。

她的名字叫藍。她告訴他她喜歡自己的名字，Blue。她說，你的舌頭輕輕打個轉，又回到最初。好像一種輪迴，非常空虛。他偶爾獨自的時候，會安靜地體味這個發音。可是他覺得這是一個寂寞的姿勢，溫柔而蒼涼。

她最終落選。也許參加這個活動的唯一意義，只是讓他們相見。完成宿命的其中一個步驟。他約她去吃晚餐，帶了一大束藍色的巴西鳶尾。這是一種有著詭異野性的花，不是太美麗，卻有傷痕。

在做愛的時候，他才意識到這個女孩也許是他命定的一個傷口。好像一個人，平淡地在路上走著，風和日麗，卻有一塊磚從天而降。註定要受的劫難。她在他的身上，長髮飛揚，強悍的激情和放縱的不羈讓他窒息。

我們的身體好像以前是一個人的。他說。他的眼睛因為感激而溼潤。人可以因為身體或者靈魂而愛上另一個人。但是柏拉圖是一場華麗的自慰，而身體的依戀卻是直接而強烈的，更加的深情和冷酷。

那時候他就想到，做愛的本質原來是傷感的。他們把自己的靈魂押在了上面。

他們很快開始同居。她一直都想脫離掉那個寄人籬下的家。搬到他公寓裡的時候，她的手裡只有一只舊旅行箱。高中畢業，她沒有再去讀書。他通過朋友的關係，把她介紹到一家大公司去做櫃檯。可是上班一週以後，就和老闆吵架。她是太自我的人，無法輕易地被周圍的社會環境同化和接納。辭職以後，就再沒有去上班。

她自己跑到一個電臺裡去兼職寫些稿子，混些稿費。她不喜歡去社會上做事，卻會做一些旁人無法接受的事情。比如參加醫學上的某種生理或心理上的實驗，他在偶爾發現的來自醫院的數目不小的匯款單上發現了這件事情，整個人因為氣憤和驚懼而顫抖。

為什麼妳要這麼摧殘自己。他說，妳是覺得我對妳不夠好想懲罰我嗎？她說，身體是我自己的，我為什麼不能使用它。我這種人在這個世界是不會留太長的。因為本來就不屬於這個醜陋的地方。那時他才發現她內心的眾多角落，他無法像陽光一樣照亮她。對於她來說，他或許也僅僅是這個世界的一部分。

她對他說，有一次她去參加一種抗憂鬱症的新型藥的效果測試，突然產生了幻覺。彷彿回到了童年很小的時候，走在迂迴的山路上，想到達頂峰。天空是鮮紅的顏色，大朵大朵白雲在上空迅速移動。她仰著臉看，心裡安寧。覺得自己可以回家。還看見自己走在一個洞穴裡，雙腳赤裸，浸在清涼的水裡。水緩緩流動，有清脆的聲音。她走出洞口，看到一面湖水，水的顏色是紫藍紫藍的。

那時候，我寧願我不要醒過來。她說。我知道我的靈魂在很遠的地方。可是我失去了去尋找它的線索。我無路可走。

他漸漸又恢復以前單身時，下班後去酒吧喝酒的習慣。在酒吧裡，聽著低迷的音樂，醺然地沉浸在菸草和咖啡的氣息裡，再看到年輕女孩濃豔而嫵媚的臉。他會感覺自己突然需要這些簡單的原始的快樂。俗氣的，現實的，健康的。

她從來不打手機給他追問他的行蹤。她給自己和給別人的自由度都是足夠大的。而且她自得其樂，性格裡有孤獨的天性。他無法瞭解她。只有在做愛的時候，在擁抱中，才能確認彼此瘋狂的激情。知道彼此是深愛的。可是面對面的時候，靈魂依然是陌生的一對路人。

她喜歡買一些打孔的原版ＣＤ，因為便宜又好聽。但是那些殘破的ＣＤ常常放著放著就卡住了，突然發出嘶叫。她對於他來說，就像那一段音樂。美麗而心碎，有著無法預期的恐懼。

她二十歲的時候，他二十八歲。那時他們有了第一次較長時間的分離。

他的父母雖然縱容他，卻一直希望他能離開藍，娶個受過良好教育，門當戶對的女孩。藍在他們的眼中，是有不良傾向並且危險的。她會毀了你，他們對他說。

他只是被他們之間頻繁的爭執所累。兩個人一直在做愛和敵視之中沉溺。愛得越深，傷害越重。他有時會想像自己身邊的女孩，寧可她愚笨和簡單一點，卻是能帶給他安寧的。不會如此疲累。

他終於在父母的安排下去相了一次親。也許潛意識裡，他尋求著一種放鬆和解脫。約在一個大酒店的咖啡廳裡見面。女孩是一個大公司裡的高級職員。穿著淺紫色的套裝，高跟鞋，還有ＣＤ香水優雅的氣息。兩個人聊了一會兒。女孩有非常好的教養和內涵。送她回到家後，他沒有馬上回去。在深夜的空蕩蕩的大街上走了一段，冷冷的夜風似乎讓心得到了稍許清醒。他不知道自己需要什麼。是一段完美平靜的婚姻，還是這一場起伏激烈的感情。

但是三年過去，他的心被磨損得脆弱而堅硬。

藍是沒有未來的人。沒有未來給她自己。也沒有未來給她身邊的人。

回到家裡，她在看電視。她是從不看電視的人，但是很奇怪，這一晚她在看電視。他看著她，她微笑等他說話。他有些發覺她和別的女孩的不同。她總是直指人心。

妳覺得和我在一起幸福嗎？他說。

我知道，她平靜地點點頭，你父親剛給我打過電話。

我並沒有決定什麼。他想解釋。

你不需要決定什麼，你能決定什麼。她就這樣輕蔑地微笑著看著他。

她離開他兩年，沿著鐵道線從南到北，獨自漂泊過大大小小的城市和鄉鎮。沒有給他打過一個電話，只是寄一些沒有地址的明信片給他，上面的郵戳是不同地方的，也沒有任何片言隻語。她是想念他的，但沒有任何話想對他說。也許是無法原諒他。

他偶然在一本旅行雜誌上看到她寫的遊記，還有她的照片。她在貴州的某個貧困山村裡，教了六個月的書，寫了一些文章。照片裡的她看過去是黑瘦的，穿著白棉布襯衫，站在泥濘裡，身邊有幾個牙齒雪白的衣著襤褸的農村孩子。他仔細地想看清照片上她的臉。她的長髮編了兩條粗粗的麻花辮子，還插了幾朵純白的野山茶。臉上沒有任何化妝，只有一雙漆黑明亮的眼睛依舊，燦爛地帶著笑。

文章裡有他熟悉的一句話，她說，我一直想給我的靈魂找一條出路。也許路太遠，沒有歸宿，但是我只能前往。

那時他和那個白領女孩交往了一段時間。一切發展順利，直到他們開始做愛。那個夜晚，他的失望和寂寞無法言喻。女孩是美麗的，也是溫柔的。但是他對她的呼吸，她的肌膚，她的神情全然陌生。黑暗中全是藍以前的樣子。藍的長髮散亂飛揚。世間有許多比她更聰明美麗的女孩，但沒有一個人能像她那樣迎合他的需要，讓他盡情。她像一朵綻放的花，在頹敗和盛放中，伸展每一片風情的花瓣。如此令人恐懼的快樂。

他終於明白，他逃脫不了她的控制。他的身體是她手心中的一根線條，她可以把他掌握。

一夜情之後，他決然地和女孩分手。這樣的婚姻會是可怕的。他的身體停留不下來，靈魂更加會無所依傍。

他每個月買那本旅行雜誌。不定期地看到她的照片和文章。她去了新疆和內蒙，去了東北。他不知道她在靠什麼謀生。在他身邊的時候，她是沒有任何謀生能力的女孩，靠著他給她的食物和住所而生存著。也許正因為這個原因，他也曾無所顧忌地傷害她。在爭執的時候，大聲地指責她，把她關起來。沒有想過她是個孤獨無靠的女孩，跟了他三年，只是因為愛他。

等到冬天即將來臨，他終於收到她寫來的信。她在北京寫的簡短的信，說她病了。住在北京一個舊日朋友的家裡。希望他去接她。由於長途跋涉和飲食不定，她的身體變得衰弱，並且憂鬱症復發，幻覺和頭痛日益加劇。

他帶她回南方。在機場，下著細細的小雪花。北方大雪即將來臨。在喧囂的候機廳裡，他緊緊握著她的手指。他說，妳以後再不許這樣離開我。她說，那你想辦法把我管住。他說，我能。在機場附近珠寶店裡，他買了一枚俗氣的紅寶石戒指給她。他說，我知道妳肯定不喜歡這種戒指，但是現在我要用這種俗氣的沉重的東西管制著妳。妳要每天都戴著它。等到我們結婚，再換好看的鑽戒。

二十二歲她生日的夏天，他帶她去一個小小的海島上度假，在那裡住了一個星期。

小島到處灑滿陽光。大片的樹林，碧藍的海水，鹹溼的熱風，晴朗的天空。他幫她拍了很多照片，看著她在海水裡奔跑尖叫，自己則盤腿坐在沙灘上，只是不停地追逐著她的身影，按動著快門。

黃昏去漁村裡的小飯莊吃海鮮，挑各種稀奇古怪的魚和螃蟹，飯莊門口掛著紅紅的燈籠。晚上看她換上白裙子，兩個人在月光下的沙灘散步，走幾步就停下來親吻。走很長的山路去深山裡的寺廟，爬到岩石上去採一朵她喜歡的野花，她喜歡插在頭髮上。

那天他們去了廟裡求籤。她不肯讓他進去。出來的時候，她臉上一貫地微笑著。他說，什麼樣的籤。她說，下下籤，佛說我們是孽緣。他握到她的手的時候，發現她的手指冰冷。

他說，我才不相信。

晚上他們做愛。窗外是洶湧的潮聲，她突然哭了。眼淚一滴滴地打在他的臉上。他把她的頭揉到自己的懷裡，他說，沒事情的。相信我。

她說，我在那個廟裡看到一塊很大的石碑，上面寫著同登彼岸。突然心裡安靜下來，我們的歸宿其實一直都等在那裡的，分離和死亡，這才是永恆。可是我很感激。感激宿命給我們的這一段時間。孽緣也好，只要我們可以在一起沉淪和墮落。

她說，我相信我到這個世界上來，是只為了和你見上一面。

臨上船之前，她發現她戴在手上的俗氣戒指丟了。好像是一種不祥的預兆，他的臉也有點發白。他說，妳想得起來會丟在哪裡嗎？她說，我一直戴在手上的，會不會在旅店裡。

他馬上放下行李，朝旅店飛奔而去。是的，是很俗氣的戒指，是不值多少錢的戒指，但是還是不能接受它如此無聲消失的結局。他在烈日下感覺睜不開眼睛，臉上的汗水直往下流。

沒有。

他在陽光下看著她的臉。她平靜地說，丟了就丟了吧。

在船上她疲倦了，想睡覺。他伸開手臂，讓她躺進他的懷裡，她的臉就貼在他的脖子上。走過的人都看他們一眼，他們看過去應該是很相愛的一對。深情的，平淡的。他一直是清醒的。他感覺到心裡某種奇怪的孤獨的感覺，讓心一絲一縷地疼痛著。如果沒有她，不知道自己會如何地生活。時間會治療一切傷口。那麼她也會被時間淹沒。

他攤開手心，看著它，然後又慢慢地把它握起來。他想，那麼時間是什麼呢，是這手心裡空洞的寂靜的東西嗎？

她說，我的左眼下面長出來一顆褐色的小痣。她指給他看，你知道那是什麼嗎？

這是眼淚痣。這顆痣以前的確是沒有的。她一本正經地對他說，那是因為你總是讓我哭。

她開始變得神經質。每天服用大量的抗憂鬱的藥物，失眠，並且脾氣暴躁。

有一次，她追問他，五年前他們有過的那個孩子，到底是男的還是女的。他說，不過是個沒有成形的細胞。他忍無可忍地推開她的臉，妳待一邊去，少來煩我。深夜，他發現她泡在浴缸的冷水裡，一邊淋著水一邊剪自己的頭髮。浴缸裡滿是一綹綹漆黑的髮絲，看得他怵目驚心。他說，妳在幹什麼。他去抱她。她突然哭泣。她說，我不能睡覺了。我一閉上眼它就又來找我。在我手上。我不知道可以把它放在哪裡。

他費勁地哄她睡下。他開始害怕她跑出去。每天上班之前都把門鎖起來，把她關在裡面。也帶她去看過很多醫生。她是嚴重的憂鬱症，時好時壞，反覆多次。

他的父母再次擔心地和他對話，應該盡早和藍分手。他沒有義務和她一直在一起。

他說，她十七歲開始和我在一起，已經快七年了。我沒有給過她任何名分。但事實上，她就是我的妻子，我的女兒。我必須照顧她，也只能照顧她。

那幾天藍的狀態有所改善，沒有太多情緒變化。在家裡做了飯，然後要他陪她去公園散步。是春天的黃昏。她穿著一條白裙子，牽著他的手，笑著抬頭看天空中飛過的鳥群。有一個媽媽帶著可愛的小男孩在教他走路。藍走過去對她說，讓我抱抱他好不好。她笑嘻嘻地看著愣愣的小男孩，對他說，你再看我，再看我我就要親你了。

他在旁邊看著她。她二十四歲了。在任何人的眼中，她都還應該是年輕的青春的女孩。應該大學剛畢業，幻想著美好的愛情。可是只有他知道，這個女孩已經被他摧毀。在身體和精神上，她都是殘缺的。

他依然記得他們初見的那個下午，隔著透明的落地的玻璃，走廊上一大排年輕的女孩。她走出來，對他說，我們都渴了，有沒有礦泉水。他看得清她透明的皮膚，漆黑的眼睛，她是剛剛伸展出來的花蕾，清醇甜美。

那一刻他們共同站立在宿命的掌心中，是兩顆無知而安靜的棋子。一盤被操縱的棋局，棋子是不該有任何怨言的。

那天晚上她笑著對他說，在島上的寺廟裡，她對他隱瞞了一件事情。求的籤還指明說她是活不過生命的第二輪的。她說，我走了，你的生活會正常起來，你會幸福。

他堵住她的嘴唇不讓她說下去。他說，我已經殘廢。妳不知道嗎？妳已經讓我的感情殘廢，徹底喪失掉愛一個人的能力。

她平靜地說，我總是聽見有一種聲音在叫我。好像是從很遠的對岸傳過來。它叫我過去。

他說，我們去更多的醫院看看。

她說，我是註定不屬於這個世界的。這個世界不符合我的夢想。我對它沒有任何留戀。

我已經見過你了，也有過兩年的時間做了自己喜歡的事情。去很遠的地方，寫字，教書。來世不想再來到這裡。我走了太久，太遠。感到累了。

整整七年。

他沒有帶她出席過公司的 party，朋友的聚會，沒有帶她見過他的家人。

做過最多的事是做愛和爭吵。是他們生活的最大內容。

有過一個沒有成形的孩子。

出去旅行過一次。

送過一枚戒指給她，丟失了。

藍因嚴重的憂鬱症自殺。

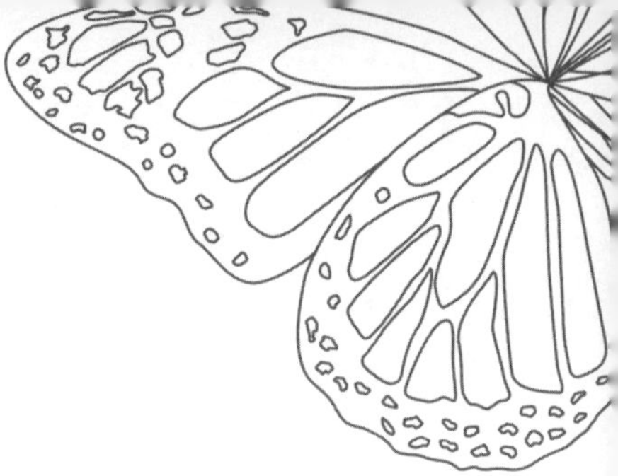

暖暖

一九九九年三月　機場大廳，他走過來叫她的名字暖暖。一個穿著有木扣子的棉布襯衫的男人。

她記得他的聲音。溫和的，帶著一點點沉鬱。在打電話給林的那段日子裡，有時來接電話的就是這個和林同租一套公寓的男人。北方人。是林以前的同事。城說，林晚上臨時要加班。他對她微笑。在大廳渾濁的空氣中，這個穿著粉色碎花裙子的女孩，疲倦而安靜地，獨自拖著沉重的行李，來投奔一個愛她的男人。

他們走到門外。天下著細細的春天夜晚的雨絲，打在臉上冷冷的。幫她打開taxi的車門時，他伸出手擋在她的頭頂上。暖暖，妳等一下，他說。再跑回來，手裡抱著一大捧純白的香水百合。林囑咐過我要買花給妳，我想妳會喜歡百合。他把沾著雨珠的花束放到她的懷裡。他笑的時候露出雪白的牙齒，像某種獸類。那件淺褐色的襯衫上有一排圓圓的木扣子，是暖暖喜歡的。

晚上三個人吃飯。還有他的女友小可。小可是土生土長的上海女孩，穿黑色裙子，刷胭脂，不是很漂亮卻有韻味。暖暖吃了點東西，早早上床去睡，她太累了。林的棉被和枕頭上有她陌生而親切的氣息。牆上還有她的一張黑白照片，是他給她拍完手洗出來的。暖暖睜著眼睛，帶著微微惶恐和脆弱的表情。短髮在風中飛揚，笑容無邪。那時候她讀大一，林是大三的高年級男生，對暖暖窮追不捨。

暖暖迷糊地躺在那裡，想著自己現在是在一個陌生的城市裡，是林的城市。他叫她過來，她就來了。就好像在新生舞會上第一次遇見林，這個能說會道的精明上海男孩，他教她跳舞，他說把妳的左手放在我的肩上，右手放在我的手心裡。她就把自己的手放在了他的手上。

半夜林把她抱了起來，乖暖暖，要把裙子換掉。他輕輕地親吻她的額頭。妳終於到我身邊來了，暖暖。他們開始做愛。暖暖是有點恐懼的，惘然，感覺到無助。

她想到廚房去喝水。沒有開燈，走過客廳的時候，突然聽見開門的聲音，進來的是送小可回家的城。在門口看見穿著睡裙的暖暖，有點驚慌地站在那裡。外面還有淅瀝雨聲。空氣中瀰漫著清幽的花香，是插在玻璃瓶中的那一大捧百合。兩個人面對面地注視著，突然喪失掉了語言。只有雨點打在窗上的聲音。

似乎是過了很久，城關上了門，從她身邊經過。走到他自己的房間裡。

一九九九年四月　她放著一些輕輕的如水的音樂。

暖暖的生活開始繼續。

一早林從浦東趕到浦西去上班，有時晚上很晚才會回來。他在那家德國人的公司裡做得非常好，工作已經成為他最大的樂趣。其他的就是偶爾早歸的晚上，吃完飯在電腦上打遊戲，然後突然大聲地叫起來，暖暖，我的寶貝，快過來讓我親一下。

城接了個單子，一直在家裡用電腦工作。家裡常常只有他們兩個人，有時小可會過來，但她不喜歡做飯。所以暖暖每天主要的事情就是做飯，中午做給城吃，晚上做給兩個男人吃。

城寫程式的時候，房間的門是打開的。他喜歡穿著舊的白襯衫和牛仔褲，光著腳在那裡埋頭工作，喝許多咖啡。房間裡總是有一股濃郁的藍山咖啡豆的香味。暖暖中午的時候，會探頭進去問他想吃什麼。漸漸地也不再需要問他，知道他喜歡吃西芹和土豆。她給他做很乾淨的蔬菜。吃飯的時候，兩個人都不喜歡說話，但是有一種很奇怪的默契。兩個人的心裡都是很安靜的。

城感覺到房間裡這個女孩的氣息。有時她獨自跪在地上擦地板，有時洗衣服，一邊輕輕地哼著歌。她喜歡放些輕輕的音樂，通常是愛爾蘭的一些舞曲和歌謠。然後做完事情後，就一個人坐在陽臺的大藤椅上看小說。她是那種看過去特別乾淨的女孩，沒有任何野心和欲望。就像她的黑白相片，寂靜的，不屬於這個世間。

小可對城說，暖暖應該是傳統的那種女孩，卻做著一件前衛的事情，同居。城說，她和妳不一樣。她是那種不知道自己要什麼的女孩。

一九九九年五月　似乎他註定要這樣安靜地等待著她。在人群湧動的黃昏暮色裡。

下午城去浦西辦事情。暖暖出去買菜，習慣性沒有帶鑰匙，把自己關在了門外。打手機給城。城說，暖暖要不出來吃飯吧。不要做了，林晚上反正要加班。他們約在淮海路見面。暖暖坐公車過隧道，才發現自己來上海快一個月，林從沒有帶她出去玩過。

暮色的春天黃昏，街上行色匆匆的人群。暖暖下車，對著鏡子抹了一點點口紅。

她還是穿著自己帶來的碎花棉裙，柔軟的裙子打在赤裸的小腿上，有著淡淡悵惘的心情。

城等在百盛的門口。在人群中遠遠看過去，他是那種沉靜的，又隱隱透出銳利的男人。很少有男人有這些東西了，他們逐漸變成商業社會裡的動物，例如林。他漸漸讓暖暖感覺到陌生。可是城等待著她的樣子，讓她想起他們在機場的第一次相見。熟悉的感覺。

似乎他註定要這樣安靜地等待著她。暖暖突然感覺到眼裡的淚水。

城帶暖暖去吃了她喜歡的水果披薩。在必勝客披薩餅店裡，暖暖側著頭，快樂地點了柳橙汁和沙拉。她像個沒有得到照顧的孩子。寂寞的，讓人憐惜的。城注視著她。他體會著女孩與女孩之間的不同。小可獨立精明，永遠目的明確。可是暖暖是曖昧脆弱的。她像一朵開在陰暗中的純白的清香的花朵。

他們沒有說太多的話，和以前一樣。只是偶爾，城說一小段他北方的家鄉，和他童年的往事。暖暖微笑著傾聽。他們這頓飯吃了三個小時。在流水般的音樂裡，在彼此的視線和語言裡，溫柔地沉淪。

搭計程車回家，暖暖睡著了。她的臉靠在城的肩上，輕輕呼吸。城伸出手去扶住她的臉，不讓她滑下來。一邊低聲地叫她，暖暖，不要睡著啊，我們一會兒就到家了。

是在公寓樓陰暗的樓梯上，在月光下，暖暖看到城注視她的眼睛，疼惜而宛轉的，充滿愛憐。她是這樣近地看著他的臉。一個帶著一點點落拓不羈的男人。他的氣息，他的棉布襯衫，他的眼睛。

暖暖，妳讓我的心裡疼痛，妳知道嗎？他伸出手撫摸她的臉頰。他克制著自己。有時候，我會很害怕。城。這是真的。女孩溫暖的眼淚滴落在他的手心上。幾乎是在瞬間，所有的刻意和壓抑突然崩潰。他無聲地擁她入懷，激烈得近乎粗暴地堵住她的嘴唇，想堵住她的眼淚。暖暖，暖暖，我的傻孩子。

他把臉埋在她的頸窩上，感受到窒息般的激情，淹沒的理性和無助的慾望。妳是美好的，暖暖。他低聲地說。為我把妳的頭髮留長好不好，妳應該是我的。

一九九九年六月　　你知道你無法把我帶走。你知道我們是不自由的。

有些人註定是要愛著彼此的。暖暖想。甚至她想，認識林也許只是為了能和城相遇。時間和心是沒有關係的。認識城是一個月，和林是四年。可是他們做不了什麼，似乎也沒有想過要做些什麼。付出的代價太大，不知該如何開始。林和小可都是沒有錯的，他們也沒有錯。所以當城對她說，他找了份工作，要搬到公司宿舍裡去住，暖暖輕輕地點了點頭。她是知道他的。他也只有如此做。

小可幫城一起來搬東西。她對暖暖說，我們的房子已經付了第一筆款子，鑰匙要過半年拿到手。城現在搬出去也好，讓你們兩個人好好地過沒人干擾的生活。

好像是起風了。

城和他們在一起的最後一個晚上，暖暖在廚房裡做晚餐。林喜歡吃的魚和城喜歡吃的西芹，每天她給兩個男人做不同口味的菜。林依然沉溺在電腦遊戲裡面，城寫程式，暖暖在廚房裡放了一架小小的收音機，收聽調頻的音樂節目，一邊透過窗戶看著暮色的天空，大片灰紫的雲朵，和逐漸暖起來的春風。這樣的時候，她的心裡就會想起那個迷離的夜晚。在樓道上，城霸道野性的氣息，激烈的親吻，溫柔的疼痛。

他是她可以輕易地愛上的男人。

他是別人的。

凌晨三點，暖暖醒過來。林迷糊地說，妳又要去喝水。他知道這是暖暖的一個習慣。暖暖光著腳輕輕地走到客廳裡，她沒有開燈。窗外很大的風聲，房間裡依然有百合清冷潮溼的花香。那是她到上海的第一天，城曾送給她的花朵。她一直持續地去花店買。他說妳也許是喜歡百合的。她的確喜歡百合。

她打開冰箱倒了一杯冰水。一雙手無聲而堅定地捕捉了她。她知道是誰，他們沒有發出任何聲音。他擁抱住她有輕輕的顫慄，他說，暖暖，我們是有罪的嗎？可是上天應該原諒我。因為我是這樣地愛妳。

他把她推倒在牆上。她在他的親吻中感覺到了鹹鹹的淚水。

她低聲地說，城，我的頭髮很快就會長了。你要離開我。

他說，我可以把妳帶走，我們是自由的。

她說，你知道你無法把我帶走，你知道我們是不自由的。你一直都知道。

一九九九年七月　我知道我們似乎無法在一起。

很安靜的生活。兩個人。房間裡一下子顯得空蕩了許多。林去上班，暖暖在家裡洗衣服，看書，還是常常放著輕輕的愛爾蘭音樂。在陽臺上種了一些鳶尾和牽牛。有時給花澆完水，就一個人對著明晃晃的陽光出神。

房間裡再也聽不到清脆的鍵盤敲擊聲。沒有了那個剃著短短平頭的男人，穿著舊的白襯衫和牛仔褲，光著腳坐在電腦面前工作。他的氣息和藍山咖啡濃郁的清香。在她跪在地上擦地板的時候，她常常很安心地聽著他的鍵盤聲音。因為一探頭就可以看見他。他叫著她的名字，暖暖。用他的北方口音的普通話。

沒有和林做愛已經很久。原來女人和男人真的不同。女人的心和身體是一起走的。如果心不在身體上，身體就只是一個空洞的陶器。林沒有勉強她，他說，暖暖妳是否感覺很寂寞，或者出去隨便找份事情做，可以有些社交。可是我又真的不放心妳出去。妳總是需要照顧。

暖暖說，你是在照顧我嗎？她的臉上帶著淡淡的微笑，她是不輕易表達自己失望和不滿的人。和林在一起的日子，的確是寂寞的。他不知道她想要什麼。也許如果他知道，他肯定會非常願意給她。但是問題是，他不知道。也許永遠都是疑問。他不是和她同一類的人。雖然他愛她。

但是暖暖想，她還是可以和林一起生活下去，就像城會和小可在一起一樣。也許和林同居半年左右他們就可以結婚，過著平淡而安靜的生活。即使是有點寂寞的。

下午，暖暖一個人出門，去了醫院。天氣已經非常炎熱。暖暖坐了很長時間的車，照著地圖找到瑞金醫院。人很多，坐在走廊的靠椅上等著叫號的時候，買了一本畫報看。

畫報上有一組特別報導，一大堆可愛小寶寶的照片，下面是他們的父母對他們出生的感想。暖暖找到一個自己喜歡的寶寶，是個小男孩，好奇地睜著大眼睛。他的媽媽說，黑黑瘦瘦，眼睛又大，像個ＥＴ。問醫生為什麼會這麼難看，醫生說，還沒有穿衣服嘛。的確是個很像ＥＴ的小寶貝。暖暖憐愛地看著那張照片，微笑著。

化驗結果很快就出來了。暖暖沒有太大意外。醫生問她妳要他嗎，暖暖說我回去想一想。走出醫院，她把那本畫報緊緊地抓在手裡。她想也許是個男孩子，會有和城一樣的手指和眼睛。

在路邊電話亭裡，她給城打了手機。她一直都記得這個電話號碼。這是他們分開後她第一次打給他。城在辦公室裡，暖暖在電話那端靜默了很久，然後她說，城，我想見你。你可以出來嗎？

還是在淮海路的百盛店門口。一樣的暮色和人群。遠遠地看見城，一樣地穿著舊的白棉襯衫和牛仔褲，臉因為消瘦而顯得更加英俊和銳氣。暖暖想，這真的是個和林不一樣的男人。林每天都西裝革履地去三十多層的大廈上班，已經放棄掉了他的銳氣。而一個沒有銳氣的男人是讓人感覺寂寞的。

城說，暖暖妳好嗎？他俯下臉看她。他的目光像水一樣無聲覆沒，暖暖看得到裡面的宛轉和疼痛。但是在黃昏的暮色裡，他們只是平淡地對望著，像任何兩個在人群裡約會的男女。

我好的，城，今天是我的生日。暖暖側著臉微笑地看著他。要我買禮物給你嗎？要啊。

他們走進了百盛。暖暖走到賣珠寶的櫃檯前，淘氣地看著他，我喜歡什麼，你就給我買什麼好不好。城說，沒問題，我帶著信用卡。暖暖看了半天，然後指著一枚戒指說，我要這個。那是一枚細細的簡單的銀戒指，打完折以後是二十元。

城說，暖暖，我想買別的東西。不要，城，我們是說好的。好吧。城無奈地點了點頭。然後叫店員用一個紫色的絲綢盒子把它裝了起來。把它放在暖暖的手心裡的時候，他說，嫁給我，暖暖。他微笑著模仿求婚者的口吻。暖暖說，好的。然後她看到城的眼睛裡突然湧滿了淚水。

小可好嗎，暖暖聽見自己平靜的聲音。是在披薩餅店裡。兩個人坐在窗邊，看著街上的霓虹和夜色。她希望我去美國讀ＭＢＡ。她姑姑在加州。一直叫我們過去。可是我不喜歡。

我知道。暖暖說，你是散淡的人，和小可是不同的。

而且我不放心妳，暖暖。他低下頭，有時我希望妳盡快和林結婚，讓我可以灰心。可有時我擔心妳不幸福。妳會一輩子讓我心疼。

暖暖微笑地看著他，如果我想跟你走，你要我嗎？

城握住她的手，暖暖，有很多次我夢見我們一起坐在火車上。我知道我帶著妳去北方。路很長，可是妳在我的身邊。那是我最快樂的一刻，甚至希望自己不要醒過來。

我們可以嗎，城。暖暖看著他。

可以的，暖暖。如果我們彼此都堅持下去，能夠背負這些罪惡和痛苦，我們可以離開上海，離開一切。只有我們兩個人。城緊緊地握住她的手指。我一直活在失去妳的恐懼裡，暖暖。上天給我的任何懲罰都不會比這個更令我痛苦。

他們在地鐵車站等著最後一班地鐵。

城說，暖暖，妳盡快考慮，給我一個電話。我會處理和林和小可的一切事情。如果能夠和妳在一起，我願意為妳背負所有的罪惡。

暖暖說，好的。她看著城，突然感覺到自己手指冰涼，心裡鈍重地疼痛起來。抱抱我，城，請抱抱我。

城在人群中緊緊地抱住了她。他把她的頭壓在自己的胸口上，輕輕地說，暖暖，我已經無法忍耐這樣的離別。或者讓我一生都擁有著妳，或者讓我們永遠都不要相見。

他的手指撫摸到她背上的頭髮，長長的漆黑的髮絲，像絲緞一樣光滑柔軟。

暖暖微笑看著他，我努力把它們留長了，城，我要用它們牽絆著你的靈魂。一輩子。

暖暖回到家已是深夜。林躺在沙發上睡著了。西裝沒有脫，地上堆著一些啤酒罐。

暖暖蹲下去，用手撫摸他的臉，然後林驚醒過來。暖暖，妳跑到哪裡去了。我下班回來第一次沒有見妳在家裡，妳讓我很擔心。

林，我有事情要告訴你。暖暖平靜地看著他，她的臉像一朵花，在黑暗中散發清冷的光澤。我不能再和你在一起。我有了孩子，可能不是你的。我想回家。

林驚異地看著她，為什麼，暖暖，妳在和我鬧著玩嗎？

不是。暖暖說，我不想讓我們活在陰影裡面，這對你不公平。如果沒有孩子，我本來想就這樣下去。現在不一樣。如果依然和你在一起，我會覺得我是有罪的人。可是我不願意這樣地生活，你知道。我不會告訴你任何的細節。我只希望你能夠原諒我。因為我曾經愛過你，因為我已經不再愛你。

一九九九年八月　一直在告別中。

回家的航班是晚上九點。暖暖獨自等在候機大廳裡，外面下著細細的雨。她沒有給城打電話，不告而別也許能給他和小可更多的安寧。甚至她都不願再讓自己回想帶給林的崩潰和傷害。她只是做了自己能夠做的事情。時間會磨平一切。這一刻心裡平靜而孤單。陪伴著她的是來時的行李包，脖子上用絲線串著的那枚銀戒指，和一個小小的生命。屬於它的時間不會太多。

她輕輕地把手放在身體上。嗨，小ＥＴ。她笑著對他說話。

你會和我說再見嗎？我們要和這麼多的人告別。愛的，不愛的。一直在告別中。

一九九九年九月　或者讓我們永遠都不要相見。

在這個熟悉的城市裡，暖暖重新開始一個人的生活。黃昏，她常常一個人出去散步。沿著河邊小路，一直走到郊外的鐵軌，那裡有大片空曠的田野。暖暖有時坐在碎石子上面看遠處漂泊的雲朵，有時在茂盛的草叢中走來走去，順手摘下一朵紫色的雛菊插在頭髮上。長髮已經像水一樣地流淌在肩上。

她感覺到內心的沉寂。所有的往事都沉澱下來。偶爾失眠的夜裡，會看見城的臉，在地鐵車站的最後一面。他隔著玻璃門對她揮了揮手，然後地鐵呼嘯離去。空蕩蕩的月臺上只有不熄滅的燈光，蒼白地照在失血的心上。她獨自在那裡淚流滿面。

他說，我已經無法忍耐這樣的離別。或者讓我一生都擁有著妳，或者讓我們永遠都不要相見。她只能選擇離去，因為不願意讓他背負這份罪惡。她已經背負了一半，於是就可以背負下全部。

在醫院，她終於放肆地流下淚來。不僅僅是因為疼痛。她知道她終於割捨掉生命中與城相連的一部分。他們永遠都可以成為陌路。

她開始去附近的一家幼稚園上班，兼給小孩子彈彈鋼琴，教他們唱一些兒歌。生活是單純的。開始感覺到風的清冷。她常常穿著布裙子，臉上沒有化任何妝，只有一頭長髮像華麗的絲緞。甚至很少上街，除了上課，散步，她沒有任何社交活動，也不認識任何的成年男人。除了陸。

陸是羅傑的父親。羅傑是班裡最淘氣的男孩子，他的母親在五年前和陸離異。陸對暖暖說，羅傑常對我說，他有一個有著最美麗頭髮的老師。

暖暖微笑地站在陽光裡，白裙和黑髮閃爍著淡淡的光澤。那一天他們一起走出幼稚園。羅傑在前面東奔西竄。暖暖和陸一起走在石子路上。陸驚異地看著這個年輕的女孩，她悠然地抬頭觀望雲朵，卻沒有任何多餘的語言。

一九九九年十月　要嫁了，因為已經為你而蒼老。

一個月後，這個四十歲的男人對暖暖說，妳是否可以考慮嫁給我。

暖暖看著他。他是普通的中年男人。她對他沒有太深的印象。知道他很有錢，但並不顯得俗氣和浮躁。剪短短的平頭，喜歡穿黑色的布鞋。不喜歡說話，卻可以在一邊看她用鋼琴彈兒歌數小時。

暖暖說，為什麼？陸說，我想妳和別的女孩最大的區別是，妳的心是平淡安靜的。這樣就夠了。我見過的女人很多。妳在我身邊，我心情是安寧的。

他看著這個素淨的女孩。我知道妳肯定有不同尋常的經歷，妳可以保留著一切，不需要對我有任何說明。我希望給妳穩定安全的生活，我們各取所需。妳不覺得這是最明智的婚姻嗎？他的手輕輕撫摸她如絲的長髮。妳的頭髮美麗而哀愁，就像妳的靈魂。可是妳可以停靠在這裡。

舉行婚禮的前一晚，天下起冷冷的細雨。

暖暖打開長長的褐色紙盒，裡面是陸從香港買回來的婚紗。柔軟的蕾絲，潔白的珍珠，是暖暖以前幻想過的樣子。可是那時候她以為自己肯定要嫁的人是林。陸還訂購了全套的鑽石首飾。他說，妳脖子上那枚銀戒指已經掛了很久。我不要求妳一定要把它換下來。妳可以戴著它。

可是也不是太久，只不過是三個月。暖暖想，為什麼在心裡覺得好像是上一個世紀的事情了呢。她撫摸著那枚小小的銀戒指，它已經開始黯淡。這是城送給她的唯一一份禮物。那時候他們是在上海的大街上，陌生的城市，陌生的人群，和一次註定要別離的愛情。

暖暖徹夜失眠，一直到凌晨的時候，才迷迷糊糊地睡過去。凌晨三點，突然床邊的電話鈴響起來。暖暖想是在作夢吧，一邊伸出手去，拿起電話筒。房間裡只聽到電話裡面沙沙的聲音，然後是一個男人北方口音的普通話。暖暖，他叫她的名字。城，是你嗎？

暖暖覺得自己還是醒不過來。她真的太睏了。可是她認得這個聲音。只要一聽到，就會喚醒她靈魂深處所有的追憶。線路不是太好，城的聲音模糊而斷續，他說，暖暖，我在美國加州。我走在大街上，突然下起大雨。我以為我可以把妳遺忘，暖暖。可是這一刻，我非常想念妳。我感覺妳要走了。電話裡的確還有很大的雨聲。地球的另一端，是不會再見面的城。
暖暖說，城，我要嫁人了。因為我已經為你而蒼老。
城哭了。然後電話斷了。
暖暖放下電話。她看了看黑暗的房間。她想，自己是真的在作夢吧。城會有她的電話號碼嗎？可是摸到自己的臉，滿手都是眼淚。

他們似乎從沒有正式地告別過。而每一次都是訣別。

一九九九年十二月　一場沉淪的愛情終於消失。

聖誕節，暖暖收到林的一張卡片。他說他準備結婚。另外城和小可都已出國。在信的末尾，他說，暖暖，我想我可以過新的生活了，我可以把妳忘記。暖暖微笑地撫摸著卡片上凸起來的小天使圖案。她開始有一點點變胖。因為有了孩子，陸堅持不再讓她出去上課，每天要她留在家裡。
羅傑快樂地在家裡跑來跑去，和陸一起準備打扮一下那棵買回來的聖誕樹。陸在客廳裡大聲地說，暖暖，妳不要忘記喝牛奶。暖暖說，我知道了。這就是她的婚姻生活。平淡的，安全的，會一直到死。

端起牛奶杯，暖暖順手拉開窗簾，看了看外面。奇怪的是，今年聖誕，這個南方城市開始下雪。是一小朵一小朵雪白的乾淨的雪花，在風裡面飄舞，在冬天的夜空中。暖暖看著飛舞的雪花，突然一些片段的記憶在心底閃過。遙遠上海的公寓裡，瀰漫著百合清香的客廳，深夜的樓道上，城激烈的親吻，還有隔著地鐵玻璃的城一閃而過的臉，是她見他的最後一面。那個英俊的憂鬱的北方男人。

可是她還記得他的手指，他的眼睛，他的氣息，他的聲音，模糊而溫柔地，提醒著她在世紀末一場沉淪的愛情。只是心裡不再有任何疼痛。

他終於消失。

最後約期

少年時，他最常作的一個夢是關於安的。好像一直在下雨。安的頭髮是潮溼的，水滴一點一點地，從她的髮梢淌下來。她坐在那裡，孤單，不知所措。他說，安，跟我回家好嗎？他突然感覺自己觸摸不到她。安抬起頭，她的臉像小時候一樣，總是習慣性地仰起來看他。天真的，沒有設防。

林。我的蝴蝶沒有了。她的手心裡是一只空空的紙盒子，盒子上黏著蝴蝶支離破碎的殘缺翅膀。安的手指突然流下刺眼的紅色鮮血，她無助地把她的手藏到背後去。好痛，林。她輕輕地對他說。每一次，他都是這樣，喘息著驚醒。她好像是一個被不斷揉搓著的傷口，在時間裡潰爛。

她是在他小學三年級的時候，轉學來到他的班裡。老師說，安藍，對同學們介紹一下妳自己好嗎？十歲的小女孩，站在那裡，孤僻的一聲不吭。長長的黑髮遮住了她的小臉，一直都不肯抬起她的頭。她那時是從城市裡下來，到楓溪的奶奶家寄養。

是他從隔壁教室裡搬來課桌讓她用。她從書包裡掏出一個紙盒子放進桌子裡。他說，這是什麼。她不響，只是抬起頭來看他。陽光下女孩的臉被照亮。那是他第一次看見她的眼睛，驚異地以為裡面有淚光閃爍。但仔細一看，只是很潮溼罷了。

很快他就發現了那個紙盒子裡的祕密。那是在上一節自修課的時候。大家都在做作業，突然有一隻蝴蝶飛出來，在教室裡盤旋。接著兩隻，三隻……很快地，教室裡就飛滿了斑斕的彩色蝴蝶。孩子們一下子就鬧起來，笑聲叫聲不斷，爭著去撲打。

當班長的他只能站起來代替老師維持紀律。只有坐在角落裡的她是一動不動的。他走到她面前，掏出那個紙盒子，裡面還剩下一隻蝴蝶，在撲騰著翅膀。她仰起臉看著他，臉色蒼白，眼神卻是倔強的。他猶豫了一下，就把那個肇事的盒子扔出了窗外。然後看也不看她一眼，就跑到前面去管束同學。

她的哭泣是微弱的。那個皺巴巴的盒子早就破了。他站在她旁邊，手足無措。這個孤獨的城市女孩，幾乎從不對別人說話。他說，我可以帶妳去捉蝴蝶。南山那裡有很多。她第一次對他說話。她的聲音異常地清甜。我只是想看一看，我不是故意的。她的淚水無聲地淹沒了他。

他們晚餐也沒吃，就一路跑到了南山腳下。田野空闊，暮色蒼茫，褐色的鳥群飛過。大片茂盛的蘆葦在風中搖擺。一條幽綠的小河緩緩地流向田野。稻田瀰漫著成熟中的清香。這裡距離小鎮的住宅區已經有點遙遠，遠遠地還能看見飄散的炊煙。

他說，晚上我替妳做一個網兜。我們明天中午再來。現在好像看不見蝴蝶。

牠們回家吃飯去了。她說，我們再走過去一點看看好嗎？我從沒來過這裡。

他帶她去了。然後在南山的另一個山坡下，他們發現了那片墓地。

全鎮所有死去的人大概都埋葬在這裡。一塊塊冰冷的墓碑豎立在漸漸聚攏過來的夜霧中，突然讓他有點恐懼。她在墓地裡走來走去，白裙子像蝴蝶的翅膀無聲地掠過，一邊輕聲地念墓碑上的字。她爬到了一座墓的墓身上面去，嚇得他連聲叫她下來。他感覺她突然變得快樂和自由。她把從墓碑邊折來的紫色雛菊，一朵一朵地插到頭髮上去。

我喜歡這裡。她看著他，眼睛明亮得讓他不安。

南山是他們最常去的地方。有時候他們去爬山。一次次爬到高山頂上，看山另一側下面的村落和水庫。他們在一起不常說話。安在山上從不要林照顧她。危險的山崖，陡峭的坡道。她只是無聲地跟在他的身後，不讓他看她腿上、手臂上的血痕和傷疤。下山路過墓地，她總是會提出要玩一會兒。林就坐在一邊，看著她在墓碑之間跳來跳去。然後有一天，她對他說，她的父母離異，誰都不想要她。

林，等奶奶不在了，我就住在這裡。她說。我和蝴蝶一起住在墓地裡。

他笑著捂住她的眼睛，不讓她說下去。她說話向來不羈。

漸漸地她習慣留在他家裡吃飯。林的父母都喜歡這個言語不多的女孩。有時她太累了，在他的床上睡著。頭髮上還插著各種小野花。直到她的奶奶來找，她還是睡著的。林就陪著她奶奶，把她背回家去。他記得她柔軟的身體伏在他的背上，辮子散了，長長的黑髮在風中飄動。然後像花瓣一樣，溫柔地拂過他的臉頰。

他一直都記得那個夏天的下午。他突然發現她的蝴蝶不見了。

妳把牠們都放了嗎？他向來不同意她捉蝴蝶。

沒有，我把牠們埋了。她的臉上一片平靜。

什麼？妳說什麼？他簡直不相信自己的耳朵。

有一隻蝴蝶死了。我害怕牠們都死掉。還是趁早埋了好。

妳可以把牠們放掉的。

為什麼要放掉。牠們是屬於我的。

他是這樣地氣憤。任何話都不想再說，一把就推開了她。

晚上她的奶奶找到他的家裡，說她沒有回家吃飯。天下起雨，她的白裙子在夜色中輕輕閃動。他找到她，她的頭髮潮溼，坐在墓地一塊石階上，手裡拿著那只被他扔掉過的破盒子。抬起頭看他，他看到她眼睛中的淚光。他突然明白了她的內心。他把手輕輕蓋在她的眼睛上。

我以後再也不會捉蝴蝶了。林。我把牠們埋在這裡。她給他看草地上的一個小土丘。她的手指上都是泥土。好像很多血，她晃了晃手指。他把她的手握在手心裡，那雙手是冰冷的。他只能痛楚地看著她，那年她十四歲。

那天晚上，他把她背回來。他背著她穿過黑暗的墓地，雨水把他們都打溼了。她突然問他，林，為什麼有些墓碑上面刻著兩個人的名字。

因為他們生前在一起，死後也不想分開。

我們呢。我們死後是不是要分開。

妳要我和妳在一起嗎？

是。我們住在下面，還可以在黎明到來之前爬到南山。

他忍不住笑了，卻發現她已經在他的背上睡著。

十六歲，她離開楓溪。奶奶病逝，她的一個叔叔要把她接回到城市去。在小鎮汽車站，他拿出一只銀鐲子給她，上面有他自己刻的一隻粗糙的蝴蝶。

我一直想送一隻不會死的蝴蝶給妳。他說，妳會要嗎？

她把它戴到細瘦的手腕上，仰起臉對他笑。他用手蓋住她調皮的眼睛，不讓她看見自己的淚水。放開來，他的手心裡一片溫暖的潮溼。塵土飛揚中，汽車慢慢爬上了盤山公路。

她的信很少。每次他都是一個人爬到山頂，坐在他們以前常常爬上去的那塊大岩石上，看她的信。林，叔叔對我不好。我想離開這裡，到別的地方去。我已經開始掙錢，在一個酒吧裡兼職唱歌。他們喜歡我唱。她的信裡沒有地址。他只能寫寄不出去的信給她。安，我會考上大學，很快到妳的城市裡來。請等我。他把自己寫的信輕輕撕掉，站在山頂看著風把紙片吹散。

她到他的大學來看他。他走出宿舍大樓，看見她站在櫻花樹下，微笑著看他。春日午後的陽光如水流瀉，女孩的白裙閃出淡淡的光澤。他在陽光下突然睜不開眼睛。安，他只能叫她的名字。

她笑著，笑著把她的手放到他的臉上，捂住他的眼睛。就像以前他們常常做的一樣。

他們真的都長大了。她告訴他她沒有考上大學，暫時也沒有找到正式的工作。在咖啡店裡，他看見她從555菸盒裡抽出一支，以熟練的姿勢放進唇間。

我現在要努力養活自己，林。我和叔叔他們沒關係了。

那妳的父母呢。

不知道他們在哪裡。她做了個無所謂的表情。

晚上來聽我唱歌好嗎？她說，可能你不喜歡。但這就是我現在生活的方式。

他去了。那是一個很大的Disco酒吧。喧囂的音樂和菸草味令人窒息。她在中場休息的時候要唱三首慢歌。她穿一條細吊帶的短裙，長髮半掩住臉，畫得挑起的眉，唇膏是發亮的深紫。她摸摸他的臉，就走上臺去。一小束幽藍的光打在她的身上。她的聲音是清甜的，像一匹緩緩撕裂的緞子。臺下舞池裡是相擁的人影，也許並沒有人聽她的歌。但她的確唱得很好。他發現自己的心在痛著。他默默離開那裡。

晚上，他又夢見她。她離開楓溪以後，他常常作這個夢。她坐在墓地的石階上，手裡拿著被他扔掉過的紙盒子。抬起臉看著他，眼中有淚光。他輕輕地說，我會把妳的蝴蝶找回來。安。他把他的手蓋到她的眼睛上去。然後流下淚來。

他把自己整個地埋入學業中，也許這是唯一出路。他也試著對她說，不要去那裡唱歌了。我有獎學金，我還可以出去做家教，做翻譯。讓我來負責妳的生活，好嗎？

她笑著說，我一瓶香水就夠你做上一年家教。我的生活已經和你不一樣，你知道嗎？我是個隨波逐流的人，我會一直漂泊下去，停不下來。我也不知道我可以停在哪裡。她看看他的臉色，試圖逗他開心。我們再去爬山吧。還記得那次在山頂突然下雨了嗎？我們躲在灌木叢裡，你叫我把頭躲到你的衣服裡。我聽到你的心跳聲。我突然一點也不害怕了。

那現在呢，現在妳還需要我的庇護嗎？

現在我面對的不僅僅是一場大雨。還有沉重的人生。

他漸漸沉寂下去。清是一個有一雙流離不羈眼睛的女孩。她是突然對他說話的，晚自習結束，他正在校園的櫻花樹林裡抽菸。他看著她。在學校裡沒有一個女孩敢對他說話，因為他的沉默。雖然幾乎每個女生都對這個學業優異的英俊男生滿懷好奇，但是清不同。清剛進來，是校長的女兒。他看到那張美麗的臉上，有一種他所熟悉的表情。倔強的，而又天真。

妳知道些什麼。他說。

知道你在做一件無望的事情。她輕輕一笑。知道《聖經》裡如何形容愛嗎？她說，愛如捕風。你想捕捉註定要離散的風嗎？

那年他大四，即將畢業。他想到外商去工作，也許那裡的薪水足夠他為她買一瓶香水。她不知道她的話傷他有多重。但是清勸他留校。她說，你的性格不適合到外面去奔走。我們以後都應該留在這所學校裡。我父親希望你在這裡任職。他送她下樓回女生宿舍。在樓道口，清突然對他說，林，你想過嗎。有時候我們只能和自己同一個世界的人在一起。那樣是最安全的。

他說，妳想說明什麼呢。

我想說明，我是最適合你的。她的眼睛認真地看著他。我會一直等到你明白為止。她俯過身來，輕輕地吻了一下他的頭髮，轉身上樓。他在那裡站了一會兒，然後回過身。他看見了她，很久沒有出現的她，靜靜站在櫻花樹下，微笑地看著他。

一切解釋都是多餘。他想她不會需要他的解釋。而他也根本不知道該如何解釋。沉默中只聽見風吹過樹林的聲音，櫻花粉白的花瓣飄落如雨。

她說，我來看你，他們說你出去了。可我知道你在這裡。我等了很久。她走到他的面前，把他的手貼到自己的眼睛上。不要讓我看見黑暗，也不要讓我看見你的淚水。

他感覺到她的眼睛是乾涸的，手指冰涼。她的頭髮上都是殘缺的花瓣，散發著芳香。

他的眼淚無聲地滲入她漆黑的髮絲。

跟我回楓溪去好嗎？

她輕輕地搖頭，我已經沒有回頭的路。我走得太遠，回不去。

一個星期後，她去了海南。

他的痛苦沒有任何聲音。也許她並不愛他，他想。失眠的深夜，他獨自走到宿舍門外，看樓下的那棵櫻花樹，粉白的花瓣在夜色中隨風飄落。那個女孩不再出現。他心中的每一條裂縫，疼痛出血的，只能以往事來填補。他伸出手，感覺風從他的手指間無聲地掠過。

畢業留校後，他帶清回楓溪看望父母。黃昏，清在墓地發現他坐在那裡。野花在風中搖擺，暮色瀰漫的田野，他看著鳥群飛過。

她說，回去吃飯。我們明天一早還要趕回去。

林站了起來。他的手上沾滿泥土。妳喜歡這裡嗎，清。他問她。

清搖頭。為何要喜歡這裡？我覺得很不安。

他笑笑。沉寂的心原來會喪失語言。他不再說話。

再見到她，他在大學已教了三年的書，和清訂了婚。那天是在街上，清在店裡試一件旗袍。他站在門口觀望著熙攘的人群。已經是深秋的時分，街道兩旁的法國梧桐飄落大片的黃葉。他隱約看見對面樹下站著一個穿白衣的女孩，一些清甜的笑聲在他心底響起。他穿過人群向她走去，看到她陽光下微笑著仰起的臉，恍若隔世。

林，好嗎？她的長髮剪掉了，一頭亂亂的碎髮，明亮的眼睛水光瀲灩。他點點頭。清的聲音在街對面響起來，她穿了一襲鮮紅的緞子旗袍，找不到他。

我該過去了。他說。

好。她還是笑著。他轉過身，聽見心底所有被時間填滿的裂縫，一條條撐開。他穿旗袍的未婚妻就在前面。他告訴自己不要回過頭去。再也不要回過頭去，生活已經平靜如水，還是要日復一日地繼續。可是他聽到身後她輕輕的呼喚，林。她叫他的名字。

這是深藏在他心底的聲音。他幾乎是倉皇失措地回過頭去。

他不想知道她這三年的經歷。他只知道她又回到了他的身邊。孤單的，憔悴失色，沒有了長髮。他像一隻鴕鳥一樣，把自己的懷疑隱藏起來。離開清的過程是艱難的，為此他放棄了大學裡的工作和一貫良好的聲譽。他們搬到公寓，他找到一份外商的工作，只想賺到更多的錢。一天忙碌繁重的工作之後，唯一的安慰是在回家的途中，想起待在家裡的她。

她買了一臺舊縫紉機。在陽臺上放滿了花花草草的盆栽，種了絲瓜和葡萄。餐桌上放著一大罐清水養著的百合。每天把他要穿的襯衫和西服熨得平平整整放在床邊。深夜他在電腦前寫 E-mail 給客戶，她幫他煮熱咖啡。然後爬到他的背上去，揉亂他的頭髮，像一隻小貓一樣地撒嬌。有時候靠在他腿邊靜靜地看書。等到他做完事情，常常發現她已經睡著了。

他不知道這樣的生活可以持續多久。他知道她可以做一個完美的妻子，但在這種平淡安寧的氣氛下，她不羈流離的靈魂不可能停息。

也許他有時候期望她能對他訴說。她似乎藏起所有的傷口和往事。就像她十歲時和他去爬山，常常一聲不吭地跟在他的後面。從不向他求助。他發現自己在恐懼著，她靈魂深處的暗湧再次像潮水一樣把他倉皇淹沒。

她對他說，我想出去找份工作。

我的收入維持我們的生活應該沒有問題了。

我只想找份事做。她跪在地上擦木地板，我還會一樣地做家務，只想有空的時候出去做事。他沉默，聽見她抹布上的水滴一點一點地打在地板上。

他說，妳能做什麼。

她的臉色變得蒼白。你所有的犧牲不斷地提醒我，我是有負於你的。可是我並不這樣認為，我也不需要提醒。你要我坦白和解釋什麼？我不想說。我的過去與他人無關。

他陰鬱地看著她。她甚至不願意讓他做一隻鴕鳥。任何時候她都可以為所欲為，而他除了等待和隱痛，無能為力。他走過去，一把拉住她的頭髮，把她拖進廁所。蓮蓬頭裡冰冷的水激烈地噴射下來，他把她推到裡面去。憤怒讓他渾身顫慄。她倔強地掙扎著，一聲不吭。她的頭碰到了牆，血滴在浴缸外面雪白的瓷磚上。他強硬地制伏住她。

所有少年往事中的自卑和無望。那個站在衣衫襤褸的鄉下孩子中間的城裡來的女孩，一塵不染的純白布裙。塵土飛揚的盤山公路。而他只能遠遠地看著她離開，在燦爛的陽光下淚流滿面。即使他現在努力躋身於這個城市，想為她做得更好，她始終是那個不需要他照顧的、桀驁不馴的女孩。

告訴我，妳會感到痛嗎？告訴我，妳有沒有感覺到過痛。他把她的頭拉得仰起來。激烈水流下，她只能閉上眼睛，她已經無法呼吸。她哭了。在恐懼和疼痛中，她尖叫起來。你一直都不願意碰我，你要我跪在你面前懺悔。讓我告訴你我在海南如何生活，我就是靠在酒吧唱歌，跳豔舞謀生。我就是無恥下流。

他狠狠地打了她耳光。她的臉上都是血。她奮力掙開他，向門外跑去。

他找不到她。整整一個晚上，他在路上茫然而焦灼地奔走。她好像一顆水滴，消失無蹤。

他打了她。他想。他只是無能為力。終於覺得好像要躺倒在馬路上，走進一家小酒吧裡，把自己灌得爛醉。

凌晨兩點，酒吧老闆對他說，先生，要不要我替你叫車回去。他似乎有些清醒過來。他說，我自己可以回去。付帳的時候，他問老闆，如果你十歲的時候愛上一個女孩，想想看，等到你快三十歲的時候，你是否還會繼續地愛她。沒想過。老闆對他笑笑。愛一個女人，最好只愛她一個晚上。

可是我會，他說，我會一直愛到自己的心潰爛掉，不再痛了，心也沒了。

那個凌晨，他又開始作夢。還是她十歲的時候，深夜背著她送她回家。她的奶奶提著燈籠走在前面，楓溪的碎石子小路是溼漉漉的。她的辮子散了，柔軟的髮絲水一樣地流瀉下來，輕輕地打在他的臉上。還有她熟睡中的小臉，貼在他的脖子左側。那一小塊溫暖清香的肌膚。

他背著她在昏暗的燭光中向前走。那一條似乎走不盡的夜路。他只能不斷地走下去。疲憊的，快樂的。他在黑暗中輕輕地笑，淚水卻是冰涼的。然後在暗淡的曙光中，他感覺到她回來了。

她無聲地伏在他的枕邊，我回來了，她低低地說，我走了一夜，無處可去。

他伸出手去撫摸她額頭上的傷口。他說，對不起。他們都沒有再說話。語言是蒼白的，深刻的糾纏和傷害已無法用任何語言和解。那是他第一次要她，她花瓣一樣的身體。在愛慾中，他的眼淚無聲地滴落在她的臉上。

我一直想要一個孩子。一個像妳一樣的女孩。在妳離開我的時候，讓她陪著我。他再次地要她。他無助地想觸及她身體裡面隱藏的靈魂。

她哭了。她說，你不該離開清的。我只會讓你痛苦。是，我知道她適合我。但是在遇到她之前，我已經不自由了。

我可以讓你自由。

那大概是我死去的那天。他親吻她的淚水，我已經不想和命運對抗了。妳是我這一生要背負的罪。我永遠都得不到救贖。

他太累了。昏昏沉沉地睡去，但是很快又驚醒。他突然有預感，她會離開他。安，他叫她的名字，尋找她的手。我在，我在這裡。她馬上抓住他的手。要乖乖地睡覺啊，她俯下頭看著他。她的臉就像小時候一樣，安靜而天真。

他說，妳真的不會走了嗎？她對他微笑著點頭，輕輕地把手蓋在他的眼睛上。她的眼睛漆黑明亮，那是他閉上眼睛前看到的最後的一刻。

他一直到中午才醒過來。陽光從陽臺灑進來，剛擦過的木地板是溼的，晒衣架上晾著他的洗過的襯衫，餐桌上的熱咖啡散發出清香。一大瓶的百合花上面有灑過的水滴。一切和每一天的開始一樣。但是她不在了。

他有時一個人坐在廁所的地板上抽菸，一直坐到天亮。清來看他。他在家裡關了很久，地板上到處是菸頭和簡易食品的包裝紙。

請不要這樣。清輕輕地撫摸他的臉，她始終是要走的，她只是想到你身邊來休息一下。你留不住她。

他的眼睛定定地看著浴缸外面的一塊瓷磚，那上面還有她留下的黯淡的血跡。他說，不是的。

她的眼淚。她的疼痛。在她走投無路的時候，她向他企求過自尊和諾言。但是他摧毀了她。妳知道嗎，我在打她之前，一直不願意碰她。那時她已盡力想做得最好，她想把她以前的生活忘記。可是我從來沒有對她說過，嫁給我，請做我的妻子。她是一個沒有任何安全感的人。但是我知道她無聲地希望過了。我讓她的希望破碎，我們都無法原諒和忘記。

他含著淚，羞愧地看著清。他不想讓她看見他的眼淚。清，也許妳是對的，我們只有和自己同一個世界的人在一起才會安全。可是我們都是沒有選擇的。我只能等著她再次出現。

那個晚上，他又看見她。她還是坐在墓地的臺階上，布裙，長髮上插滿野花。很多蝴蝶停在她的身上，她的臉是笑著的。林，我和我的蝴蝶在這裡住，她說。天又開始下雨了，冰涼的雨水打在她的臉上，她的頭髮是潮溼的。

等著我。答應我這次要等到我為止。

好。她輕輕地點頭。

他心中的溫暖和慰藉一如少年時的心情。知道她會在那裡，不會離去。這是他們最後的約期，他不再感到恐懼。

一週後，他接到一份寄自貴州的郵件。裡面是他在她十六歲時送她的銀鐲子。即使她一再地離他而去，那個鐲子始終都在她的身邊。偏僻農村的小學校長寫信給他，告訴他她在那裡教了一年的書，死於難產。希望他能把她的小女孩帶走，這是唯一的遺言。

他看著那個日期，原來就是他夢見她的那個晚上。她真的是來與他告別和相約。

小鎮生活

長大以後，我依然是一個常常會作夢的女子。在夜霧瀰漫的大街上奔跑，混亂的心跳，卻不清楚在身後驅趕著的力量和想要的方向。看著自己跑上一個山路盤旋的峰頂，仰起頭，天空是鮮血般的赤紅，雲層迅速從頭頂飛過。看著它，心裡有了墜落的恐懼。

看過很多關於解夢的書籍，看著看著就會索然寡味。佛洛依德不會作和我同樣的夢，而我，也不會像他那樣把夢當一隻青蛙解剖。湖水，洞穴，滑過手指的水滴和始終面目模糊的男人。這樣的場景重複出現，漸漸讓我相信，不管是在白天，還是黑夜，它們是在我心臟最深處長出的一株植物，開著迷離花朵。

某些個晚上，會迫不及待早早上床。在被窩裡期待黑暗能夠讓我重入夢境。我獨自在空蕩蕩的房間睡覺，沒有電話，也不看電視。半夜醒來，只看見放在床邊的一杯清水。

我常常不知道該如何表達自己。每一次入學，老師要求新同學彼此自我介紹。聽著別人流暢自如的演講，卻清晰地感覺到自己的心臟，在激烈的跳動中鈍痛。終於輪到我了。我站起來，嘴唇乾燥地黏在一起，卻發不出任何聲音。終於我說，我是安藍。

報出名字後，腦子一片空白。我不清楚為什麼要向他們傾訴愛好、性格和感想。我沒有被賦予和缺乏訓練的基本能力。

夢不需要語言。它們是靈魂深處的花園。所以有時我覺得，夢才是屬於我的現實，有清醒的感受，有釋放的生活，有對遠方和未知的探索。夢魘是一種真實，而清醒似乎是沉睡。就好像黑夜是我的白天，白天是我的黑夜。日光之下，並無新事。

「1」呼吸空氣中的灰塵味道

和林相見的前一個小時，我作了一個陌生的夢。在此之前，沒有先兆預料我和他的邂逅。我們在各自的生活範圍裡生活，是兩條各自搖晃著前進的魚。

和任何一個男人的關係，都突如其來。和羅的相識，是在機場的候機大廳。春節，我去北方看冬天的大海，他是回北方的北京男人。牽繫著我們的是冬日田野和一次即將起飛的夜航。空蕩蕩的大廳，能聽見落地玻璃窗外風的迴旋。我把羊毛手套脫下來，撫摸冰涼的手指，一根一根撫摸過去，聽見薄薄皮膚下面，血管突突跳動的聲音。這個男人微笑地看著我的手指。

他有一雙屬於中年男人的洞察人心的幽暗眼睛。被窺探的一刻沒有讓我感覺侷促，我抬起頭看他，他聽到了我內心找不到表達方式的語言。他說，把自己看得變成一朵水仙，是因為心本來就是一朵清香潔白的花。我有點喜歡這個男人，他不需要我艱澀的語言，他自問自答。讓我感覺放鬆。

那時候，我已經畢業，在一家大機構工作。每天穿著打領結的白襯衫，深藍的窄身裙子和高跟鞋，對見到的客戶，微笑說你好，然後圓滑應對。空調房間的沉悶空氣裡，有越來越濃的灰塵味道。我對同事琳梅說，我喘不過氣來。琳梅習慣我有時候突然訂張機票就去了遠方，也習慣我在一大幫同事談論著電視連續劇的時候神情冷淡一言不發。

我喜歡清涼猛烈的風。每一次飛機呼嘯著衝上天空的瞬間，我都會屏住呼吸，深切體會到離開的縱情。

直到我遇見了羅。

他給我在北京找了工作。他說，找到適合的土壤才能開出花朵。我辭掉了工作，和家裡發生衝突。搬出來以後，住進股力的單身公寓。

從夢裡醒來，發現是在客廳長沙發上。窗外夜色深濃。國慶的漫長假期，對殷力和我來說，都是折磨。卸掉乏味沉重的工作，也失去穩定的物質支撐。父親等著我的妥協。我無法馬上離開去北京開始新的生活，在電臺為一檔音樂節目兼職寫稿。每天深夜，放著一張張的CD，天昏地暗地寫稿子，一邊寫一邊跟著Tori Amos的傷感腔調放聲高歌。而殷力好不容易有假期特別想睡覺。有時他會氣得拖條毯子把我的頭蒙住。他奇怪我為什麼沒有朋友，也沒有社交活動。但此時，我看見他對我走過來，臉上露出笑容。

剛才有一個同事找妳，叫妳出去吃飯。他報給我回電的號碼，殷勤地遞給我手機。

是同事琳梅的男朋友。他在一個喧鬧的地方，手機裡的聲音模糊不清。安藍，出來吃飯。半小時後我們在麗都門口等妳。他的手機斷了。

我站起來開始飛快地穿衣服。殷力說，終於有請吃飯的人撞上門來了。他靠在一邊壞壞地看我。

我說，是琳梅。就是那個小鎮裡來的女孩。

殷力說，妳這種人也只能和淳樸的女孩做朋友，因為她知道如何寬容妳。

別把我說得這麼不堪，我還是比較可愛的。我打開衣櫥，在他的抗議中把他的襯衫和牛仔褲翻得亂七八糟，然後套上一雙球鞋就向外跑。

別吃得太多讓我丟臉。殷力站在門口給了我最後的囑咐。我知道他是高興的。他希望我過有朋友的生活，希望我快樂，雖然我一直讓他手足無措。

我在路上攔到了車。我對司機說，去麗都。我不知道它在哪裡。這個城市給我的感覺始終陌生。我只喜歡它市區中心種滿櫻花樹的廣場。每年春天，櫻花粉色的花瓣在風中吹得沸沸揚揚，飄落在人的臉上，肩上，頭髮上。那時在溫暖的陽光下，路上的行人才會有柔軟的笑容。

我不常在外面吃飯。殷力偶爾心情好的時候，帶我去的地方是高級酒店裡的燒烤吧或西餐館。他不帶我去人多熱鬧的地方。因為知道我喝多一點酒，就會開始放肆。

嘿嘿，我聽見自己乾笑了幾聲。開車的司機飛快地掃了我一眼，他是一個年輕男人。對著反光鏡看看自己的臉，因為來不及化妝，臉色和嘴唇有點蒼白。用牙齒咬一咬，用力地抿緊嘴唇，再看它的時候，已經是一朵鮮豔溼潤的薔薇。司機輕輕咳嗽。整個車廂的空間，都被濃烈的香水味道充滿。那是殷力的 Kenzo 男用香水。我噴得如此凶猛，以至髮梢都是溼漉漉的。

心裡突然有了奇怪的預感。

「2」來自小鎮的男人

馬路對面一輛計程車停了下來。他盯著那輛車，慢慢地從靠著的牆壁上直起身體。這條市區中心的繁華大街，一到晚上霓虹閃爍，人群湧動，就像一條沸騰的河流。人們面目模糊地出來活動。他看著那個女孩關上車門，穿越車流和人群，向這邊走過來。她的出現讓他聽到河水動盪發出的聲音。

她四處張望的樣子有點可愛。跑過來的時候還在搖頭晃腦。身上的衣服穿得很不羈，一條牛仔褲又舊又寬，褲腿太長翻了好幾層，有點高低不齊。上面是同樣偏大的白棉布襯衫，袖口也是捲著的。一頭長髮濃密散亂地披在肩上，穿一雙球鞋。

琳梅對她舉起手，安藍。她大聲叫她。女孩晃了晃手，跑到柵欄那裡。她翻身爬上去再跳下來。琳梅輕輕地罵，還是老樣子，從來不知道遵守交通規則。女孩氣喘吁吁地抱住了琳梅和她的男友，把頭湊到琳梅男友的懷裡不停地頂。那個破手機，害得我趕得這麼急。她的聲音是甜美而快樂的。

認識一下新朋友，林，我們從小的朋友。現在在鎮上的中學裡教美術。琳梅把他拉過去。他滅了手裡的菸頭，走到前面。風吹在臉上，有些寒冷。他對她說，妳好。她抬起眼睛看他。夜色中，那是一雙水光瀲灩的眼睛，眼神直接。她的臉上沒有任何化妝，沒有口紅，蒼白的膚色。

一個小小的瞬間，他在她的笑容後面，感受到一種抑鬱的東西。應該說，是非常抑鬱的東西。她淡淡收回了眼光。

麗都裡面熱氣沸騰，人聲喧譁。他們要了啤酒。琳梅和她的男友說很多的話，他們是快樂的人。而那個剛認識的女孩，她看起來本來就很快樂。說著快樂的話，有快樂的笑容。但他並不覺得她是個容易快樂的人。

琳梅曾對他說，她是辭職的同事。她的確不像是適合在大機構裡工作的女孩。她沒有專業的職業氣息。她好像是隨波逐流的人，只能跟著心的方向走。她在那裡自嘲，她說，我是被裝錯線的木偶。她笑的時候，散亂濃密的長髮都在抖動。是很放肆的笑容。

林和她喝酒。林知道琳梅約他一起出來吃飯，就是為了讓他喝酒。她給他找來一個會喝酒的女孩，因為這個女孩也許和他一樣需要酒精暫時麻醉。她仰起頭一飲而盡，他能聽到她的喉嚨發出寂寞的聲音。他們喝掉四瓶啤酒以後，女孩的臉頰開始暈紅。眼睛水汪汪的，像閃爍的淚光。她把他手裡的香菸拔了過去，放在脣上，一邊大聲地拍著桌子，再來再來。

有人說，水會讓人越喝越冷，而酒會越喝越暖。清醇濃郁的酒精，給空虛的胃帶來安慰。

他把酒瓶拿過去，她的手伸過來碰到他的手指。可是她的手指冰涼。她說，喝完酒再去跳舞。她的眼睛在燈光下看著他，似乎淚眼模糊。

到 Blue 的時候，已是深夜十點多。擁擠的酒吧裡，她俯過來輕輕地對他說，我們再去喝好不好。Disco 酒吧裡沸騰的音樂混雜著濃烈的菸草味道，琳梅和她的男友已擠入了狹小的舞池。他和這個女孩走到吧檯旁邊，她熟練地問老闆要了兩個玻璃杯和一瓶紅色的酒。

她說，這是他們自己調的烈性酒，名字叫火焰。這個比啤酒過癮。她輕輕碰他的杯子，為往事乾杯。苦澀的酒精在他的身體裡燃燒起一片灼熱的火焰，那種猛烈的灼熱把他吞噬。他用手抵住自己的胸口，有一個瞬間，發不出聲音。再抬起頭的時候，他看見她在陰暗中的臉。她平靜地看著他，聲音突然有點冷漠。

她說，其實任何一個人離開我們的生活，生活始終都還在繼續。沒有人必須為我們停留，我們也不會為任何人停留。想清楚了，不會有任何怨言。

他看著她。他確定琳梅並沒有對她說過他的故事。

他說，妳不瞭解。

她說，不需要瞭解。你只要能夠感覺好一點就可以。人生得意須盡歡，其實失意的時候，更需要縱情。因為快樂可以有人分享，而痛苦卻沒有聲音。她又問他要菸抽。舞池裡爆發出一段激烈亢奮的電吉他前奏。她把菸夾在手指裡，一隻手抓住椅子，隨著音樂開始猛烈地搖頭。她仰起臉，閉上眼睛深深沉溺，直到電吉他的 Solo 結束。她用力吸了一口菸，無限快慰吐出煙霧。

這是險峻海峽的〈Money for Nothing〉。她說，我最喜歡的一段電子音樂。

他看著空下去的酒瓶。他感覺到胃裡的翻江倒海。她迅速地扶住他，她說，洗手間在外面。他剛衝進裡面就吐了。他扭開水龍頭。冰冷的水沖到臉上的時候，有一刻讓他窒息。他看著鏡子裡那張虛脫的臉。他對自己說，其實你並沒有你想像中的堅強。

淚水終於滑落下來。

「3」追尋想去的地方

凌晨三點多，走出 Blue。撲面而來的冷風讓我渾身顫抖。我張開手，一邊大聲尖叫一邊朝空蕩蕩的大街跑過去，梧桐樹的黃葉在風中飄落，輕輕打在臉上。清冷的霧氣瀰漫城市。這個場景似曾相識。我感覺自己是在夢中。

林在計程車裡睡著。他醉得一塌糊塗。琳梅說，妳應該手下留情，今天他愛的女孩和別人結婚了。我說，難受的時候，喝醉睡覺是最好的選擇。我看著這個男人。他的臉很清瘦，嘴唇和下巴的線條顯得憂傷，穿著乾淨的藍格子棉布襯衫和燈芯絨褲子。臉上有長期在小鎮生活的人那種略顯謹慎的神情。但他應該在大城市裡讀過大學，並生活了很長時間。

如果不是一個英俊的男人，我也沒有耐性陪他喝酒。第一眼看到他的嘴唇，我就想，這樣的嘴唇，天生就是用來親吻的。

等在洗手間門口，聽到他劇烈嘔吐，我想他也許會好一點。流淚，嘔吐，都會讓身體裡隱藏的靈魂更快地空洞下來。當他打開門出來，我握住他的手指。我們轉到一個黑暗偏僻的牆角裡，他擁抱住我。他的臉埋在我的脖子裡。他低聲地說，到底有沒有愛情。我閉上眼睛，沒有發出聲音。

在殷力的公寓樓前，我下車。琳梅和她的男友跟我道別。這個男人還在沉睡中。走出電梯，拿出鑰匙開門。殷力從他的房間探出頭來，他說，回來了。

回來了，我懶懶地推開他，一邊朝廁所走去，一邊奮力地脫掉大襯衫和厚厚的牛仔褲。

天知道，這都是這個一百八的大個子男人的衣服。殷力皺著眉頭把手揮了揮，滿頭的香菸味，真難聞。他說，應該把妳趕回自己家裡去。

我顧不上和他較勁。等浴缸泡滿熱水，我一下就把臉沉在了水裡。殷力還在門口嘮叨，今天羅打了我的手機。他要妳打電話給他。

現在不想打。

這件事情，妳不應該拖太久。

知道了，我聽見自己從水裡冒出來的悶悶不樂的聲音。或者早點回去上班，或者早點去北京，任何事情都是早做決斷好。就像殷力重複過好幾遍的，妳要麼起步行走，要麼躺下來。但妳不能蹲著。

走出廁所的時候，看到殷力嚴肅地坐在那裡。他說，妳這樣飄蕩不定，我很不放心。

放心，在你出國之前，我肯定會得到結局。我拍拍他的頭髮，穿著玫瑰紅的小碎花睡衣蹦到沙發上。我說，今天在Disco聽到險峻海峽的曲子，很酷哦。我蹲下身做了一個抱電吉他的姿勢，放開嗓門模擬了一段旋律。

殷力的臉上有了快樂而無奈的笑容。就算妳是聰明的女孩，可妳也不能對自己的生活沒有預算。

我們可以對生活抱任何期待嗎，我說，生活給我們的答案永遠都是離奇。

殷力開始睡覺。我打開電腦，先放了一張ＣＤ進去。看看時間已經是凌晨五點多了，天色開始發白。離休息結束還有最後兩天。兩天以後，我在電臺兼的那份工作也該發薪水了。寫了整整一個月的稿子。那個主持音樂節目的主持人，連開場的問候也要我替她寫好。我受夠她的愚蠢和做作，卻不能有怨言。

除了寫稿，我不知道自己可以做什麼。就像我對羅曾經說過，我的謀生能力並不強。可是我需要收入。百貨公司裡面那瓶紀梵希香水去看了好幾次。如果沒有離開工作，沒有離開家，幾百塊錢一瓶的香水對我來說，從來不是問題。可是現在，最起碼要寫上一星期的節目稿子，才能換回來。還應該和殷力對分一半的電話費。雖然他不會和我計較。

想了一會兒現實的問題。如果生活中我有認真思考的時候，除了寫稿，大部分也就是和錢有關了。可是這個問題到最後總是使人鬱悶。比如王菲拍個百事可樂的廣告，就有上千萬收入。我也許花上三生三世的時間寫稿子，也賺不了那麼多。所以她可以做出酷的表情，對任何人愛理不理。即使是唱片公司的老闆，也不用看他太久的臉色。因為她說五年後就打算退休，足夠了足夠了。思路散漫地想了半天以後，我給了自己一個簡單的結論：繼續寫稿。兩天後去電臺領稿費。

寫完稿子是早上八點。一邊列印，一邊去廚房拿冰牛奶喝。然後把房間的窗簾拉嚴。燦爛的陽光和湧動的人群都不屬於我。在床上躺下來以後，我把被子蓋住頭，回想了一下見到林之前作的那個夢。很奇怪，以前從來沒有作過這樣的夢。是一條夜色中的河流。我站在旁邊，看著它。它被茂盛的浮萍所遮蓋，已看不到河水，只有浮萍開出來的藍紫色花朵散發出光澤。我看著它們，內心被誘惑無法克制。於是我走了過去，腳下一片虛無。在浮萍斷裂的聲音中，我慢慢地下沉，腐爛芳香的氣息和河水無聲地把我浸潤。可是我的心裡卻有無限快樂。

那個男人的眼睛一閃而過。在他無助而粗暴地把我擁在懷裡的那一刻，我聽到他的心跳。我閉上了眼睛。

「4」這是一個空城

早上一醒來就覺得心情不好。首先是父親打了一個電話過來。一開始口氣是好的，叫我回家，說如果真不想回去上班，就重新替我找工作。我說，不用你管，我想好是要去北京的。

不許去北京。父親說。

你沒有權利限制我的生活。電話斷了。父親還是沉著的。最起碼他想到，如果我身無分文，最後還是得回去。可是我一直都在想著擺脫這個家。這個家除了錢，什麼都沒有。但是我呢，我是連錢也沒有。

我在殷力的衣櫥裡找了一件黑色的長袖T恤。他的襯衫都可以做我的外套。然後拿了一個蘋果，去地鐵坐車。要交稿子，要拿薪水。雖然我一點也不想看到那幾張討厭的臉。

在地鐵車站，我又遭受一次打擊。碰到高中時的男友和他的妻子。那時我剛好蹲在候車月臺上啃蘋果。我喜歡看到陌生人，看他們一群群從我身邊走過。我們之間的距離最近的時候只有兩公分，可彼此的靈魂卻相隔千里。城市生活給人的感覺總是冷漠。而我是個好奇的人。小時候，我常常一動不動地看著別人的眼睛。別人對我父母說，這個女孩子一點都不怕生。長大以後，有很多人提醒過我，不能放肆地看別人的眼睛，尤其是對男人。因為這對他們來說，可能是種誘惑。

我常常想，那個被我看著的人，他是不是會走過來和我說話。我希望他能夠把我帶走。

然後一個高個子的男人走過來叫我，小安。我的嘴張了半天，終於叫出他的名字，你好你好。一個穿著粉紅色毛衣的女人微笑著跟在他的身後，他說，我的妻子，我陪她去醫院。我看到她的肚子。我連忙又說，恭喜恭喜。太客套了。我幾乎不想說話。最起碼有六年我沒有和他相見。失去了緣分的人，即使在同一個城市裡也不太容易碰到。

他認真地看了看我，他說，妳要好好照顧自己。

他把手搭在女人的腰上，扶著她慢慢地走了。我想起來的是十六歲的時候，看完夜場電影，他送我回家，在樓道上他的親吻。所有的溫柔甜蜜終於凝固成腦海中一個平淡畫面，而且輕易不會想起。時間讓愛情面目全非。或者這並不是愛情。

我放手離開的那份感情，並不是我理想中的愛情。

那個醉酒的男人林，把臉埋在我的脖子上的時候，曾輕聲問我，到底有沒有愛情。我無言以對。如果我沒有和他分手，我是否會和那個穿粉紅毛衣的女人一樣，溫柔平和的臉，被好好地照顧著。而現在的我，啃著一個蘋果，四處奔波，一無所有。

去北京，羅帶我出去逛街。過馬路，他在人群中輕聲叮囑我要小心。從車裡出來，把手放在我的頭頂，防止我的頭被撞痛。這些溫暖妥貼的細節給了我感動。

從小我是寂寞的孩子。父母忙碌於事業，常年在外。作業本上的簽字都是保母的。我從來不幻想任何安慰和陪伴。可是我答應羅。答應這個開始謝頂的中年男人，我可以去北京。

有時候，做出一個決定的理由可以是這樣的簡單和輕率。

感傷的心情在領到稿費以後，開始有些好轉。一千五百塊。雖然寫的字足夠抵得上一部長篇。自己也算不清楚的，這些就這些吧。反正字是非常廉價的。這種兼職也不知道有多少中文系的學生想要來做，電臺根本不愁沒人來寫。氣憤的是無意間看到的一個報告。這檔音樂節目要拿出去參加評獎，用的稿子是我寫的關於中國搖滾樂的現狀。我查了多少資料，聽了多少CD才打出來的字，居然只署了主持人的名字。

辦公室裡一片寂靜，我知道他們都在裝糊塗。不就是因為她是市裡某個長官的親戚嗎？除了念幾句話，她懂什麼音樂。我微笑著看著那個報告，心裡迅速地盤算著。沒有了這份工作，估計我的日子在一段時間裡會比較難過。但如果忍受這種輕視，我的日子會一直都比較難過。我拿著報告走到那個主持人面前。她把頭埋在一本音樂雜誌裡面。

我說，這稿子是我寫的，應該署上我的名字。

臺長說了，大家都有功勞。如果得了獎，獎金不會少妳的一份。她沒有抬頭，懶懶地打發我。

我想他大概從來沒有搞清楚過，妳的這一檔節目裡面，連問候語都不是妳自己的。

妳這是什麼意思，她也許從來沒有受過這種語氣。她說，想給我的節目寫稿的人多的是。

這是妳的自由。微笑著看她。我的意思只有一個，我湊近她看著她的眼睛，妳很愚蠢，妳知道嗎。妳這樣愚蠢，但妳卻比我幸運。把報告輕輕地蓋到她的臉上。我優秀的文字不想用來襯托妳這樣的傻瓜。我走了出去。

在大街上逛了一圈，買了幾份報紙。然後去麥當勞排隊買了午餐。薯條，辣雞翅，還有柳橙汁。我打手機給殷力，他的手機關掉了，卻吃了我好幾個硬幣。在廣場花園裡，挑了一棵櫻花樹坐下。一邊啃辣雞翅，一邊仔細瀏覽報紙上的招聘資訊。廣告公司倒是挺多。我不是沒去試過。第一個公司我幹了一個月。那個很賞識我的部門經理對我說，只要妳不怕這些東西會把妳寫得殘廢掉。我知道他擔憂我的前途。那些減肥品，美容膠囊，一律得按照公司傾銷式的範本寫，然後在晚報上大幅刊登。

終於還是走掉。

電臺的兼職也很累人。但最起碼，對象是我熱愛的音樂。只是音樂是美好的，音樂之外的人卻依然不美好。這個世界始終不符合夢想。我躺倒在草地上，把報紙蒙在臉上。陽光是這樣燦爛，我身邊還有一千多塊錢，罵了人之後心情舒暢無比。除了前途有些坎坷。

也許真該早些去北京了。羅替我在那裡找了工作，一家報紙的編輯。我不知道我為什麼拖在了這裡。父親的阻攔是強大的理由。另外的呢，是否還有我內心的猶豫。他是一個已婚男人，我清楚自己也許會付出的一些代價。但是他的確是一條通道，能把我帶出這個俗氣無比的南方城市。千里之外的那個北方城市，有一個男人脆弱的諾言。

安藍走在繁華街區擁擠的人群中，手臂下夾著幾份報紙。她蹲在百貨公司的香水櫃檯面前，認真地看著一瓶紀梵希的香水。出售香水的小姐把香水試用品噴在她的手腕上，安藍一邊走一邊抬起手腕聞著它。街上暮色迷離。安藍靠在大街的一扇玻璃櫥窗上，散亂著長髮抽菸。她疲倦地走出電梯，拿出鑰匙開門。門是反鎖著的。她臉上暴躁鬱悶的表情。她明白了他的手機為什麼打不通。

她用力地拍門。殷力，殷力，你給我開門。歇斯底里的聲音在空蕩蕩的走廊上迴響。

門打開了。殷力穿著一件白襯衫，衣服扣子沒有扣好，頭髮有些亂。拜託別叫得這麼響，像個病人。

你才有病呢，天還沒黑，發什麼情。她一腳踹開了門。一個穿著黑裙子的年輕女孩，微微有些拘謹地站在那裡。安藍沉默地看著她。女孩向門口走出去。

殷力關上門。他的表情是生氣的。我想我應該有保持自由和隱私的權利吧，這是我的家。

你趕我走啊，你可以趕我走。她笑咪咪地跳到沙發上，然後從褲子口袋裡掏出紙幣，用力地撒出去。我付你房租，電話費，水費。這些夠不夠。

安藍，妳必須為妳的無理取鬧對我道歉。

你妄想。

她的眼淚流了下來。她說，你的確已經不再愛我。

她在殷力的追趕中跑下了樓梯。匆促的腳步混雜著喘息和心跳的聲音。她在街上攔了計程車。她看到殷力追到街上四處張望。她拿出菸和打火機，手指因為冰涼而有些發顫。小姐，妳去哪裡，司機問她。她叼著菸停滯了一下，突然發現自己無處可去。然後她說，去楓溪鎮，去楓溪鎮的中學。

車廂裡，霓虹的明滅光線映在她的臉上。在計程車離開市區之前，她走到百貨公司買了一條薄薄的棉被。坐在汽車裡，她把臉伏在散發棉花清香的被子上。看著城市燈火離她越來越遠，終於被拋在夜色裡。

這是一個空城。對於她來說，它沒有人群，沒有工作，沒有愛情。她逃離它籠罩的孤獨空氣。她想著那個男人的手指，回憶他呼吸的溫度，不清楚自己要尋找的安慰。當車子盤旋著開上山路，她聽見夜鳥和風從樹林掠過的聲音。這個場景如此熟悉。她覺得自己曾和這一切在夢裡相見。

「5」小鎮的雨夜

他趕到學校門房，是晚上九點。天開始下起細細的冷雨。他不清楚她為什麼會突然出現。她坐在窗臺上等他，手裡抱著一條新的棉被。臉上被雨水淋溼。漆黑的長髮和眼睛，帶著被隱匿起來的狼狽。

她若無其事地站起來，笑嘻嘻看著他。他不想多說什麼，只是把她手裡抱著的被子接過去。他說，家裡離學校不是太遠，我們快點走。馬上要下一場大雨。

他還是老樣子。像在城市裡初次相見的那個晚上。從靠著的牆上直起身來，臉上有淡淡的漠然的表情。可是嘴唇和下巴的線條蘊藏著憂傷。

他們走在小鎮街道上，聞到植物和泥土的氣息，還有匆匆跑過去的狗的影子。街的兩旁是小店鋪，陳舊的木門關得很嚴實。林說，這裡晚上沒有什麼活動，大家都喜歡關在家裡看電視。他穿著一件襯衫，乾淨的臉和清澈的眼神。他屬於這個小鎮，卻沒有它的骯髒和粗糙。

三層高的小樓。他打開門，對她說，是家裡花了所有的錢買的。現在家裡就剩下這套房子。她聞到天井裡濃郁的桂花香，還有茂盛的花草，繡球、芍藥、梔子、鳳仙和茉莉。他的父母去外地參加親戚的婚禮。他為她煮了紅豆稀飯。她在浴室裡剛打開熱水龍頭，就聽見外面突然爆發的雨聲，粗重的雨點撞擊著窗玻璃。

她感覺已經在一場夢裡。花香和雨聲，以及夜色都是恍惚的。她無法確定是否在一個離城市很遠的小鎮裡面。熱水順著臉往下流，她抬起頭，閉上眼睛，聽見自己的呼吸。

他在房間裡鋪好床。她買了一床灰藍色有大朵碎花圖案的被子。他不清楚她為什麼抱著這麼重的被子來這裡。她似乎沒有擔心路上可能發生的危險。在喝酒的時候，她的聲音是快樂的，她的笑容也是快樂的，而他卻感覺她其實是個很不容易快樂的人。她帶給他隱約的不安。她像一隻無理粗暴又任性的手，卻滿含溫柔。

我想喝點熱水。她懶懶地站在門口，長髮有一點潮溼。他把找出來的衣服遞給她。她脫下身上總是大得過分的襯衫和牛仔褲，背對著他穿上裙子。光滑的肌膚像沒有任何褶痕的絲緞，修長的腿很美。她漫不經心的樣子。

她鑽到被窩裡面。他把盛清水的杯子遞給她，她就著他的手喝了。她說，這衣服是你喜歡的女孩留下來的。是，是她留下來的。你為什麼沒有給我打個電話問好。我打過，是個男人接的，我就掛了。我留的是我朋友的手機。妳和他住在一起？我暫時住在他家裡。

他點點頭。他不想再問下去。她微笑著說，不是你想的那樣。他的未婚妻在美國，他很快要出去。我只是他以前的選擇之一，現在我們當了好朋友，因為彼此不想走到山窮水盡。她跳起來打開窗子，看了看外面的雨。

大一的時候，我，他，還有他的未婚妻，我們是同學，常常三個人一起去看電影。他買兩杯冰淇淋，一杯給我，一杯給她，因為他喜歡我們兩個。我把我的一杯讓給他，然後自己跑過去再買一杯。我很清楚我對他的愛，比誰都多。有一天，他對我說，他選擇了她。他說，因為妳比她要獨立得多。妳不會太難過。但她不一樣，她離不開我，我不忍心。

她低下頭，微笑著咬著嘴唇沉默了幾秒鐘。然後她抬起眼睛看他，因為獨立就一定要承受比別人更多的離別嗎？因為他覺得妳可能不會受傷，因為他覺得妳很堅強。可是我現在已經不難受了。是真的真的不難受了。

他沉默著。他們之間是喧譁的雨聲。

那個夢魘是重複的。為了逃避某種無形的追逐，在迂迴道路上奔跑，不知道追趕在身後的是什麼，卻清楚心裡焦灼無助。在慌不擇路的奔跑中，一次次陷入迷途。最後發現始終是在兜一個圈子。

她對自己說，停下來停下來。真的跑不動了。如果它要讓我死，就讓它來捕獲我。雨聲停止，空氣裡有清新的桂花香，新棉被柔軟舒適，床邊小桌子上放著林給她盛清水的杯子。

小時候，從夢裡驚醒過來的她，常常把被子蒙在頭上，因為恐懼而無法呼吸，直到憋得喘不過氣來。很小的時候她就一個人睡覺，保母在桌子邊放上一個蘋果，一杯牛奶，然後回房間休息。她獨自拿出漫畫書來看，吃完東西開始刷牙。沒有輕輕的歌聲和撫摸，沒有故事和晚安的親吻，只有寂寞的想像。在恐懼的時候，心裡疼痛的時候，無助的時候，拉過被子緊緊地蒙住自己的頭……

林，是你在嗎？她輕輕地叫他。他沒有開燈。月光照進來，模糊看到他挺立的身影。我看看妳有沒有掉被子，他把水杯遞給她，看著她的臉和黏在汗水裡面的頭髮，妳作夢了。

是。我又作夢了。她仰起臉喝水。她說，抱我一會兒好嗎。她的手拉住他的手臂，他躺在她的身邊。她把身體蜷縮起來，臉伏在他的肩頭邊。從夢魘裡驚醒過來的她，顯得疲倦而脆弱。他用手撫摸她的頭髮，她輕輕閉上眼睛。

「6」情慾是水，流過身體不會留下痕跡

陽光燦爛的小鎮中學，破舊紅磚樓房，傳出學生的朗讀課本的聲音。林在講臺上放了一個缺口的瓦罐，裡面插著鮮黃藍紫和酒紅色的小朵雛菊，學生們埋頭用水彩畫靜物。林靠在一邊，窗邊的操場上有樹林和陽光。他的臉上淡淡的陰影。

安藍出現在門外。她穿著林的白色襯衫。她始終穿著身邊男人的衣服，象徵某種隱晦的依賴。她脫掉球鞋，爬到高大的教室窗臺上，閒適地坐在那裡，看林對學生講解一些構圖和筆法的內容。她聽著他。鞦韆架垂在樹林中間，有一排小鳥停在木板上

鳴叫，林抬頭看到她。

中午，他們在中學餐廳裡吃飯。她感覺到周圍的人異樣的眼光。有一個老師偷偷回頭去看她，她衝他笑，老師卻慌張地別過臉去。

為什麼他們都看這裡，她問他。因為他們有猜測和懷疑，他沉著地吃著飯。她看著他的眼睛，他們都知道那個女孩的事情嗎？是的，因為那個女孩的家庭顯赫。他說。

我曾經對這件事情有許多顧慮，所以一直迴避她的追求。我問她，是否考慮清楚，真的要和我一起生活。她說她考慮清楚了。我那時在北京學油畫，我可以繼續深造，但我回來了，做了小鎮中學老師。他平靜地看著她，她脫離了她的家庭，來這裡和我同居一年，父母欠債替我們買了房子，還辦了訂婚酒席。鎮裡很多人都知道。一年以後，她說她要走了。

他用簡單的話語概括了整件事情，省略掉所有的片段和情節。她看著他的眼睛，她可以瞭解這個故事裡面，曾經有過的衝突和矛盾，激情和傷害。這個男人沉默相對。

你可以把這裡的房子賣了，繼續去北京學習油畫。她說。

他微笑，輕輕搖了搖頭。

他們去爬山。她摘了一朵雛菊插在頭髮上，問他好不好看。小鎮裡的她有了一張健康明朗的臉。她說，林，和你在一起的時候，心裡很平靜。

應該說是在大自然裡面，我們的心都是平靜的。

他們站在山腰的一塊岩石上，俯視著大片幽靜蒼綠的山谷。她爬到最高的一塊石頭上，脫掉襯衫，尖叫著，山谷裡迴蕩聲音。然後她爬下來，有菸嗎？她說。他們坐在裸露的岩石上迎著山風抽菸。

我喜歡男人。她說。喜歡和他們之間有的那種混雜著情慾、溫情的友誼。我搞不清楚友情和愛情的界線。她抓了抓頭髮，有時候我和一個男人做愛，可是做愛以後，覺得他依然只是我的朋友。情慾是水，流過身體不會留下任何痕跡。我不知道有什麼人是能夠深深相愛的，也許他在非常遙遠的地方。用一生的時間兜了個大圈子，卻不能與他相會。

她看著他，然後她親吻他。她的脣像清香的花朵，覆蓋在他的眼睛上。他的菸還夾在手指裡，她慢慢往下移動，貼在他的嘴脣上。你的嘴脣是天生用來親吻的，你知道嗎，她輕聲地說。

「7」十六歲開始變老

做愛的時候，感覺到眼睛裡的淚水。他相信這透明液體的源泉，是在心臟的最底處。他只有通過激烈粗暴的動作才能抑制住它的傾瀉。他不知道她在想什麼，不知道她為什麼要和他做愛，就像不知道她為什麼會帶著一條棉被，穿越山路來到這個陌生小鎮。她是個不知道該如何尋找安慰的人，她不需要他給她語言。她的心是冷漠的。她需要情慾的溫度。

在他再也無力控制而爆發的瞬間，他聽到她喉嚨裡發出的聲音，就好像她抬起頭迅速喝完杯子中的酒。她的手抓住他的頭髮，在眼角滲出細小的幾顆淚珠，迅速在空氣中乾涸。

他坐在床上，抽出菸給她。他們點著了菸。她笑著說，你的酒量不如我，你只能和我一起抽菸。她夾著菸走到門口，看了看小鎮深藍色的夜空。她的長髮和赤裸的身體，像一種詭異野性的植物散發清香。她說，我感覺自己漸漸有些變老了，從十六歲開始我就老了。

他說，想給妳畫幅油畫。很小的，一會兒就好。她看著他支起架子，他把畫布只裁到十吋的大小。然後開了檯燈，讓她坐在燈光下。他的用筆很快。他說，我很小就開始畫畫。這是生命裡唯一可以用來安慰的方式。我畫著這個世界，世界就是我想像中的輪廓，似乎可以改變它，像一劑麻藥。他把畫布放在窗邊晾乾，然後把它捲了起來。他說，這是給妳的。

我們繼續在黑暗中抽菸。沒有穿衣服，沉默地做愛。不停地聊天，喝水。我懷疑又在一場夢裡。我企求他讓我疼痛。在他深重地進入的時候，我咬住他肩頭的皮膚，咬得渾身顫抖。

他說，我估計北京那個男人不會離婚。妳真的要跟他去？

我說，無所謂。我只想有新的生活。膩了這個城市，也膩了自己。我看著他。我說，我很清楚他對我要的那套花招，可是他無法讓我受傷，你知道嗎。他沒有能力讓我受傷。你呢，你有什麼打算。你真的想一輩子就在這個小鎮裡教書，你不想脫離這裡？

晶離開我以後，我的心裡只有兩個想法。一個是，任何人對我做的任何事情，我不會再有怨言，因為她是自由的。另外一個是，任何人任何事情都無法再帶給我束縛，因為我是自由的。

他說，生活驅逐著我們，使我們更加盲目。

他說，在哪裡都一樣，在哪裡都改變不了我們的盲目。

天色微明，林躺在床上沉睡，入睡的樣子和在計程車上一樣，微微皺著眉頭。安藍穿著大襯衫，坐在旁邊的椅子上看著他。她抽著菸，看他，看窗外一點一點亮起來的天空。她把菸頭掐掉，穿上來時的衣服，穿上球鞋，把那幅油畫夾在手臂下。她站在床邊，撫摸林的臉和頭髮，沉默地撫摸他。然後走了出去。

安藍走在小鎮晨霧瀰漫的小路上。有公雞鳴叫的聲音。球鞋被草葉上的露水打溼。她有些寒冷，又拿出菸來抽。每次抽菸的姿勢都是用力的，深深地用力地抽菸，但吐出煙圈的時候，卻又漫不經心。這是一個小小的象徵。她是個容易沉溺的人，但對結局冷漠。

她走到小鎮的公路旁邊，等在那裡，臉上一貫地沒有表情。霧氣中有一輛長途車慢慢地開過來，她高高揚起手臂。她上了車。車廂裡空空蕩蕩的，走到最後的一排位置裡坐下，用力裹緊身上的衣服。

她打開那幅小油畫。深藍的背景，筆觸凌亂，女孩盤坐著，身體像花朵一樣綻放，長髮濃密地披散兩旁，一隻手撐在地上，一隻手夾著菸。旁邊是一行小小的字：

十六歲開始變老。

她看著它，然後一揚手，把它扔到了窗外。

她把對那個男人的記憶扔到了窗外。

「8」沉澱下來的時間

一下車，先給殷力打電話。他叫了起來，妳真要嚇死我，妳跑到哪兒去了。

誰叫你虐待我。嘿嘿。

妳在哪裡。

我在長途汽車站，身邊沒錢了，回不來。

好好好，馬上過來接妳，拜託妳千萬不要走開。他慌慌張張地掛了電話。

我在車站的臺階上坐下來，渾身發冷，突然感覺要生病。另外一邊是個流浪的乞丐，一個骯髒的女人，頭髮和衣服都已經分不清顏色，蜷縮在那裡，身上蓋著發黑的破毯子。我看著她，不知道她是否生病飢餓寒冷孤獨恐懼。她也許流浪了很多的城市，她無法停息下來。而我呢，我也不知道可以去往何處。為了生活，我再次向殷力求援。利用他曾有過，現在仍有剩餘的溫情。他不會和我結婚，羅也不會為我而離婚，雖然這不妨礙他們一如既往的溫情。

也許我該回家了。我一直都是讓父親頭痛的孩子。他以為給了我堅實的物質基礎就給了我安全，包括畢業以後把我送進大機構裡上班。但是他的女孩已夢魘纏身。

遠遠地，我看到殷力從計程車裡鑽出來。這個高大的男人很快就要離我而去，這個給我買冰淇淋的男人要到一個比我脆弱的女孩身邊去，我穿著他的衣服和褲子，我無力再回到過去。我微笑地看著他向我走過來，妳的臉色怎麼這麼蒼白，他脫下夾克裹住我。就在這個瞬間，我的身體在他的手中滑了下去。我輕聲地對他說，為什麼你會覺得我不會難受呢。

發燒生病的時間裡，我在昏迷中不斷重回小鎮。空氣中的桂花香，敲在玻璃上的雨聲，綠色山谷中的煙，還有他黑暗中的眼睛。他愛過的那個女孩，讓他的感情殘廢。就好像我對生活的無盡渴求，同樣讓我的內心空洞無比。

某個瞬間，我們的孤獨是一樣的。在彼此靠近的瞬間，孤獨得以融合，卻並沒有消失。

我躺在病床上，看著打點滴的管子中，透明的小水滴一顆一顆地滑落。時間和生命不斷地進入我的靈魂，同時也在不斷地減少。我聽到心跳的聲音慢慢地緩慢，慢慢地沉靜。

我叫殷力打電話給我父親，我決定要開始工作。

父親的臉色無限快慰。殷力也無限快慰。他說，妳稍稍犧牲一下自己的感覺，卻帶給妳身邊的人巨大的安慰。哪一天，妳能考慮到別人的感受。妳給別人自由，妳自己才會自由。

我搬出他的公寓，身上還是穿著他的牛仔褲。殷力揉揉我的頭髮，認真看著我。妳要成熟一點，妳知道嗎？妳是一個多麼會給別人惹麻煩的女孩。

是，是你極力想擺脫的麻煩，我打掉他的手。我帶走了自己的衣服和書籍。我下個月估計就要去美國，他說，我會想念妳，我真的會想念妳。他擁抱我。他很久沒有擁抱我。當我們像朋友般相處，他的氣息同時也離我越來越遠。我知道他對我已經仁至義盡，除了沒有給我愛情，而讓我在獨立自主的自卑中感受到無聲崩潰。可是我對他再無怨言。林對我說過這個問題，我們對任何人都不該有任何怨言。我把臉貼在他的肩上。

父親在民航幫我要了個收銀的位置，他說先過渡一下，讓我把精神狀態調整好。

售票處在幽靜的位置，工作清閒輕鬆，也沒有長官來管。做上兩天然後休息兩天。很多時候我都是空閒的。空蕩蕩的大廳，能看到窗外的梧桐樹的黃葉。早上有陽光照射進來，等到暮色瀰漫，就知道一天又過去了。我抱大堆的書過去看，卡夫卡，福樓拜，昆德拉，甚至魯迅。看書看累了，在空敞的房間裡踢毽子。我的毽子踢得越來越好，隔著玻璃窗，售票櫃檯的小姐都習慣看我在一天的某個時候踢毽子。她們給我快樂的喝彩，也許她們很少看到這樣自得其樂的女孩。

更多時候，我看著空蕩蕩的大廳。它這樣空曠，有陽光的影子，風的聲音。我不清楚它帶給我的寓意。我總是看著它陷入沉默。

我給羅打電話，我說我開始正常的生活了，一時不會再去北京。羅說，這種死水般的平淡會把妳淹沒掉，妳應該過有挑戰有目標的生活，妳怎麼又走回去了？

我說，我累了。

他問，什麼，妳說什麼。

我再次對他重複，我累了。然後掛掉電話。

我還是作夢。夢見一個男人在河的對岸看我，空氣中潮溼的霧氣和模糊的花香，他看著我。我的心滿懷溫柔的惆悵，希望他把我擁在懷裡，讓我聽著他的心跳，感覺到他手指的溫度，但是我走不過去。我每次都看不清楚他的臉，那應該是一張非常熟悉的臉。有我撫摸過的輪廓和線條，可是我卻無從回憶。在醒過來的深夜，我習慣地去拿桌子上的水杯。想起曾經有過一個男人。

我拿出菸來抽。看到他的眼睛凝望我。

殷力最終還是走了。

我送他去機場的時候，剛好剪了頭髮。我把夾克拉起來裹住頭不讓他看。他拍拍我的頭說，再藏也沒用，反正不會變出一個美女來。我撲過去趴到他的背上扭他耳朵。他哇哇亂叫。整個機場大廳裡的人都轉過臉來看我們。

他說，匯報一下新生活吧。

我說，每天看電視臺的烹調節目，已經跟著學會了做三明治，腐乳烤肉，松鼠黃魚。毽子的最高紀錄是能維持到八十下不著地。還看了二十本文學名著。

他點點頭，嗯，不錯，距離一個完美妻子的標準不遠了。他說，我不知道是什麼讓妳改變。妳那天回來以後生病，生完病以後做了讓我能夠放心的選擇。我不清楚妳遭遇了什麼，但是我心裡很高興，因為妳沉靜下來。妳心裡的那匹野馬不再讓妳痛苦，雖然我知道妳也許不會承認。但我依然想說，妳愛上了一個人。

我看著他，我笑了。對我說說看，你覺得我會愛上一個什麼樣的男人。

殷力拿出手機放到我的手裡。他打過電話來找妳，我把妳工作地方地址告訴了他。我對他說，去看看這個女孩。她需要別人的照顧。

他第一次這樣憂傷地看著我，我知道那個能夠感受到妳美麗的男人已出現，妳可以在他的手心裡安心盛開。

「9」時光河流中的回歸

他走在樓梯上，聽見腳步聲在空氣中迴響。出現在他面前的，是一個空蕩蕩的大廳，秋天陽光穿過窗外的樹枝凌亂地傾灑進來，整個大廳依然幽暗。

他看見那個短頭髮的女孩，穿著白襯衫和舊的牛仔褲，在踢毽子。她的眼睛快活地隨著毽子閃動，身體靈活地扭動著，有人給她輕輕的喝彩。

他站在一邊，沉默看著她。他拿出菸來，放在嘴唇上。女孩看到了他。她安靜地遙遠地對他凝望，她打開了門。

你來了，她說。她靠在門上。

為什麼把頭髮剪掉，他伸出手撫摸她短短的男孩一樣的頭髮。

因為想知道，我頭髮多長的時候，你才會出現在我的眼前。她懶懶地對他笑，把他唇間的香菸拔過去，放在嘴唇上。

他看著她抽菸的樣子。兩個人之間是輕輕迴旋的風聲和陽光。

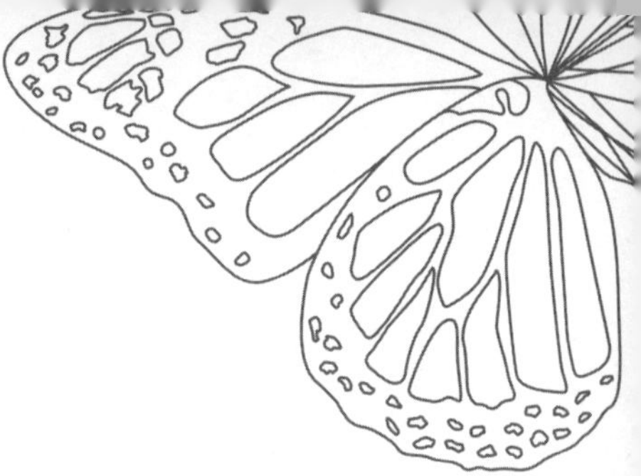

無處告別

我和這個男人一起等在街邊花店的遮陽棚下，一場突然的大雨正橫掃這個城市。冷風裡有玫瑰枯萎的香。我站在那裡，看見他拿著摩托車頭盔向這邊跑來，穿一件煙灰色布襯衫。那時不知我們的方向是一致的，都是去趕赴一場婚禮。林和他的新娘在酒店裡有一場盛大婚宴。

我和花店老闆百無聊賴地閒扯，乾燥花看起來像木乃伊，沒有靈魂。老闆笑著說，鮮花不好賣呀，放一個晚上就憔悴了。

那是因為它等不到來要它的手。我抽出一枝枯萎的玫瑰，對他說，它肯定已經等了很久。

那個男人微笑地看著我，饒有興味的樣子，但什麼也沒說。他對我說的第一句話，是在五個小時以後。

我從酒店的大堂走出來，他等在門口。

他說，我送妳回去，妳醉了。雨還在下，清涼雨滴輕輕打在我躁熱的臉上。他把車子開得很慢，我感謝他的沉默無言，讓我在他的背後，無聲地流下淚來。

淨是個漂亮的女孩子，濃密頭髮，一雙眼角微翹的眼睛。我那時是班上成績最好的女生，但總在上課時看小說。一天數學老師忍無可忍，叫我站到教室外面去。我獨自走到校園裡，操場只有陽光和鳥群。那是深感恐懼的一刻，所有的人都離我而去。

下課鈴一響，看見淨飛快地向我跑過來，一聲不吭地看著我。我坐在籃球架下面，面無表情。

淨說，妳真勇敢。

多年以後，我還是會不斷地想起那個瞬間。

我在眾目睽睽之下向門外走去，教室外陽光燦爛，而我的背後是一片黑暗。我的自尊和羞愧在那一刻無聲崩潰。

他把我送到樓道口。在拐角陰影裡，輕輕拍了一下我的臉頰。好好睡一覺，好嗎？什麼都不要想。忽然感覺他什麼都知道。他的眼睛看穿我的角落。我推開他的手，向樓上走去。

看見林的時候，他正從隔壁的教室走出來。陽光細細碎碎地灑在他的黑髮上，那是一張明亮的讓人愉悅的臉。一直到死，我都是個會對美麗動容的人。那種疼痛的觸動，像一隻手，輕輕握住我的心。那時我十四歲。有很多場合我們會碰到，他是隔壁班的班長。傳聞很多女生都很喜歡他。他是那種溫和而潔身自好的男生，對誰都保持距離。

那時我是一個孤僻的女孩，不喜歡說話。有時會在黃昏的時候，獨自在操場上跑步。喜歡暮色瀰漫的大操場，廣大空闊，看得見天空中飛過的鳥群。我一圈又一圈地跑著，在激烈的風速中體會心跳的掙扎，直至自己筋疲力盡。

六年以後，林第一次來我家看我。他考上北方的大學，來向我道別。期間我們上了不同的重點高中，寫了三年平淡而持續的信。這是他的風格，謹慎的，緩慢的，但持久。

林站在院子裡。夏天的晴朗夜晚，風中有盛開的薔薇花香。他穿著一件淺藍的襯衫，肩上是飄落的粉白花瓣。我伸出手去，輕輕拂掉他肩上的花瓣。林微笑地低下頭去。我們都知道彼此不會多說任何言語。我們只是繼續。

校園的文史圖書館。那磚砌的老房子，有木樓梯，滿牆爬著的青苔。淨和我總是在上自修課的時候溜到那裡去。午後陽光如流水一樣，傾瀉在泛著塵土味道的房間裡。我們坐在高高的窗臺上，望著外面寧靜的操場，還有一棵很老的櫻花樹。春天，粉白粉白的花朵，開得好像要燒起來。在那裡，淨拿了松寫給她的信給我看。

松是班裡一個沉默寡言的男生。我們都很意外，他會寫這樣的信。

淨說，他和我想像中的人完全不同。

我喜歡那種笑起來邪邪的、英俊得一塌糊塗的男人。妳呢？

我好像沒有想過。

我知道，妳喜歡像林那樣的。你們兩個最會裝了，一副若無其事的樣子。

妳想過有一天，林可能會吻妳嗎？

他會的。

妳確信？

是，我確信。

林的信從遙遠的北方，一封封地寄過來。每次讀完信，我都把它夾在枕邊的《聖經》裡。

這是我喜歡的一本書，每晚我都要翻開來讀上一段密密麻麻的繁體字才會睡著。林的信紙一直是有點微微發黃的很柔軟的那種。他用很長的篇幅告訴我他的單親家庭，和他在童年陰影裡成長起來的經歷。

我記得妳的眼睛。我感覺妳的靈魂會像風一樣，從我的指間滑走。但我還是一次次，惶恐不安地伸出我的手。語句在林的信裡像花一樣盛開。我一遍遍地閱讀著它們，體會內心如潮水翻湧無聲的感動。

他打來電話，我正在電腦上趕寫稿子，忙得天昏地暗，一邊還放著很吵的音樂。

妳在開舞會嗎？他說。

沒有，我很忙。

想請妳聽音樂會。

我不喜歡聽那種一本正經的東西。我喜歡這種。

我把話筒放到音箱邊，想著他肯定會嚇一跳，忍不住笑了。

果然他在那裡說，妳真是個小孩子。

有空我打給你，好嗎？我說。

好。

我感覺到他的耐心十足，可是我對他並無印象。很長的一段日子裡，我過著異常平靜的生活。上班對著電腦工作，下班對著電腦寫稿。一份電臺的兼職做得很辛苦，每天都要給節目拿出一疊稿件。沒有任何時間再空出來，認識男孩，和他們約會。喜歡的休息就是拉嚴窗簾，在房間裡睡得不省人事。漸漸地，喪失了語言。

和一個陌生的男人一起聽音樂會，不停地找話題，對他微笑，或者做個好聽眾。不管如何，是一件讓我感覺疲憊的事情。我記得他的手輕輕觸到我臉的感覺，他說，什麼都不要想。我只不過曾在這個陌生男人面前流下淚來。輕易地，在一個下雨的夜晚。

如果沒有了眼淚，心是一面乾涸的湖。

記憶中一場大雪。大朵大朵雪花在天空中飄落。兩個女孩趴在窗臺上，屏住呼吸。淨說，不知道以後我們會如何。那時她們十六歲，即將考高中。淨說，不管如何，我們都不要分開。想想看，等我們三十歲的時候，一起在公園裡晒太陽，織毛衣，我們的小孩在草地上玩，就和我們一樣好。

窗外操場，整個被紛揚的大雪覆蓋。

松撐了一把傘，固執地等在樓道口。

淨皺著眉看了看他，我們從另一個出口下去。兩個女孩悄悄地溜到樓下，一出校門就笑著尖叫著向大雪奔去。淨在大雪裡臉凍得通紅，她突然緊緊地抱住她，答應我，永遠和我在一起。

我想像在他的面前再次無聲地崩潰。我要告訴他我內心所有的不捨和恐懼。陽光刺痛眼睛。諾言和深情，沒有出路的潮水，一次次淹沒我。讓我喪失著自由，感覺窒息。現實中，我只是一個長期不接觸陽光的女孩，寫稿至深夜。所有的想像變成心底潰爛的傷疤。

放假回家，林來看我。我們出去散步，漫長的散步，沿著河邊空闊的大路，一直走到郊外田野。夏天夜空繁星燦爛，涼風如水，空氣中到處是植物的氣息。我們走著，沒有很多的話，也不看彼此。在稻田邊的田埂上，坐下來休息。夜色像一張沉睡的臉。

林說，我一直都想有一天能夠有一個農場。我們在一起，妳生很多小孩。每天早上圍坐在餐桌邊，等著我煮牛奶給他們喝。

我聽他說，看他把我的手輕輕地握住，然後一根手指一根手指親吻過去。那是我們最美好的時光，我知道。發生的同時就在告別。

他的電話在深夜響起來，還不睡覺？

失眠了。

妳要好好睡覺。女孩子這樣對自己不好。

你幹麼？

真是任性。他在電話那端輕輕地笑。這個耐心的男人，毫不理會我對他的敷衍和反覆。我聽說過他為他的公司拉來巨額廣告的事情，對於這樣一個百折不撓的男人來說，這並不是奇蹟。他通常一星期打個電話給我，提醒我和他約會。堅定而又不強求的機智。

我只是想見到妳，相信我。

在酒吧門口看見他，他還是第一次見到的樣子。平頭，銳利的眼神，煙灰色的襯衫。

他說，這裡有妳喜歡的音樂。他突然有點無所適從，妳居然搞得我很緊張，他有點奇怪地說。沒有一個女孩子會讓我這樣。

那是你心中有鬼。她對他說話向來毫不留情。音樂沸騰的狹小空間，每一張忽明忽暗的臉，好像都是一張面具，隱藏著殘缺的靈魂來尋歡作樂。只有音樂是真實的。潮水一樣湧動，把人思想淹沒。她要蘇打水，坐在吧檯邊，她等待喜歡的曲子。他看著她，她旁若無人的樣子，不和他說話就不發一言。

你是不是喜歡我？她轉過臉對他說，眼睛看著他的尷尬。

覺得妳很特別，他說，覺得我們需要互相瞭解。

是嗎？她笑著。其實我是個特別無聊的人，你一旦瞭解就會索然寡味。

那讓我試試。

不記得是否曾幻想過喜歡的男人。他的頭髮，他的眼睛，他的氣息，他的聲音。我只知道如果他在，會在人群裡與他相認。在命運的曠野裡，也許沒有彼此的線索，只是隨風而流離失所，像飄零的種子。但是我的手裡還有大把的時間。在變得越來越老之前，在死去之前。等著與他的相約。等著他如約而來。

我不知道一個人的一生可以有多少個十年給另一個人。林畢業回來，我去火車站接他。我等在夜色中，看著從出口湧出來的人群，感覺內心惘然。那個薔薇花架下的少年，繁星燦爛的夏天夜晚，以及夾在《聖經》中的發黃信紙，維繫了我們整整十年的想像。回想它，好像是一夜空幻的煙花，無聲地熄滅。

我想，我也許從沒有愛過他。

我不知道愛是什麼。

就在那個夜晚，我意識到，我們之間沒有堅實可靠的東西。我們向對方惶恐不安地伸出了手，靈魂如風，卻從指間無聲地滑過。

他送她回家，堅持送她到門口。

那就進來坐坐吧，她打開門。滿地的書，雜誌，英文報紙，ＣＤ。一整個書架的書一直堆到屋頂。房間裡的一面牆擺滿暗色的木質相框，裡面是放大的黑白照片。她在福建武夷拍的山谷的晨霧，海面上寂靜的日出，鄉間田野上的有鳥群飛過的天空。還有她自己，坐在鐵軌邊的碎石子上，靠在咖啡店的玻璃櫥窗邊，窗外是暮色裡的擁擠人群，在海邊的單薄背影，風吹起她的髮梢和布裙。

他認真地一張一張看她的照片。去過很多地方嗎？

是，每年都出去。

她赤著腳坐在一堆報紙上，一邊翻著ＣＤ。

聽音樂嗎？

他看著她若無其事的樣子。他記得她的眼淚。那個雨天，她的臉貼在他的背上，雨水是冷的，而她的淚是溫暖的。

妳應該過正常的生活。他說。嫁給我，我會讓妳過正常的生活。我不會再讓妳寫這些稿子，只讓妳每天看看食譜。給我做飯，洗衣服。每天早點睡覺，不許妳失眠。她沒有笑。她看著他把他的手伸過來，輕輕地放在她的頭髮上，像撫摸一朵花一樣小心。

那天妳把那枝枯萎的玫瑰給我看，妳說它已經等了太久。可是妳遇見了我。

諾言，有誰能夠相信諾言。剛畢業的那段日子是無比壓抑的。想辭職，想離開這個城市，和父母爭執，突然對生活失望。請假半個月，去了嚮往已久的華山。爬上海拔兩千多公尺的華山絕頂時，天已黃昏。山頂上還有一個男孩子，拿著照相機在拍夕陽落霞下的起伏山巒。

我們都一樣背著龐大的登山包。山頂上也就我們兩人。天空已變成灰紫色，一隻黑色的鷹不停地在我們的腳下盤旋。

喝點酒嗎？他從包裡拿出兩罐啤酒，慶祝一下我們來到了華山。

坐在山頂岩石上，我們喝酒，沉默地觀看夕陽，直至群山沉寂，夜霧升起。不記得說過更多的話。分別時，他才突然說，在美好的東西面前，妳的感覺是什麼？

我說，是痛。
為什麼？
痛過才會記得。
如果不痛呢？
那就只能遺忘。

在咸陽機場，空蕩蕩的候機廳裡，我把明信片攤在膝蓋上，給林寫了最後一封信。林，我要走了。把明信片投進郵筒，我聽見心輕輕下墜。壓抑了整個青春期的幻想，華麗的幻想，原是這樣一場生命裡的不可承受之輕。我再一次選擇了等待。

大三，和淨有了分別四年以後的第一次見面。國中畢業後，淨第一次來她的學校看她。她在重點高中，淨上的是職業高中。在操場邊的草叢裡，淨告訴她，她的父母在鬧離婚，家裡出了變故。松每天都到校門口來等我，他每天都來。陽光傾瀉在淨的臉上，好像一片淡淡的陰影。

就在那一刻，她們發現了彼此的沉默。也許都等著對方說些什麼，諾言也好安慰也好，但驕傲和猜疑，像一條裂縫，無聲地橫亙在那裡。生活已經不同。她們都是倔強和沒有安全感的孩子。

在下雨的街頭，淨在人潮後面向她張望。溼漉漉的短髮，抹了很紅的唇膏。漂亮的心高氣傲的女孩。顛沛流離的生活，父母分居，找不到工作。和松同居了三年，突然發現松在和另一個女孩來往。淨微笑地跑向她，她的手柔軟地放在安的手心裡，就像以前。

我們淋淋雨好嗎？淨雀躍的樣子。可是這是道別。她們都知道。淨已決定去北方。

我打了他一耳光，是狠狠地打。就當著那女孩的面。那時我就知道我們肯定是完了。我跑下樓，發現聽不到自己的心跳。沒有心跳。一片空白。

他大學考試落榜的那一天，下好大的雨。我在房間裡感覺他在門外，打開門，他果然淋得一身溼透。那時我過得很不好，父母徹夜爭吵，找的工作不盡如人意，只有他在我的身邊。我想我是在那一刻決定和他在一起。我一直以為自己不會愛上他。但是，我告訴自己，這就是命運推給我的那個男人了。沒有任何幻想的餘地。生活就是這樣沉重和現實。我第一次讓他吻了我。在大雨中，我們兩個都哭了。他說，我會一輩子對妳好。我的一生只希望有妳。他把我的嘴唇都咬出血來。

父母離婚後，我們同居。他去炒股票，日子一直不安定。我去醫院動手術，很希望他對我說結婚，把孩子生下來。可是，他說他得先找到工作。我不知道，他其實已經厭倦這種生活了。在手術臺上，痛得以為自己會死掉。窗子是打開的，看見一小片淡藍的天空。我問我自己，這就是我要的愛情嗎？那雙男人的手，是溫暖的，也是殘酷的。他如何能讓我墮入這樣的恥辱和痛苦裡面。

淨看著安，她的眼睛睜得很大。但是，空洞得沒有了一滴眼淚。我一直幻想妳會來看我。只有妳才能給我那種乾淨的、相知相惜的感情。還記得那時我們擠在妳的床上，徹夜不眠地聊天。醒過來妳一直握著我的手。我們分手那段時間，我一直幻想妳能來看我。可是我知道我們都不會這樣做。我們走不了一生這麼長。

在街頭，我和淨告別。

我說，我先走好嗎？在所有的分離中，我都是那個先走的人。在別人離開之前先離開，這是保護自己唯一的方式。

淨說，好。她站在人群中，穿著一條人造纖維的劣質裙子，孤立無援。我輕輕放開了她的手，轉過身去。淨冰涼柔軟的手指倉促地脫離我的手心，就像一隻瀕死的蝴蝶，無聲地飛離。

他的手，小心翼翼地放在我的頭髮上。我忽然想問他，你真的懂得珍惜一個還沒有老去的女孩嗎？她的夢想，她的疼痛，她所有的等待和悲涼。女人的生命如花，要死在採折她的手心裡，才是幸福。可是我們都還那麼年輕。還在孤單的守望中堅持。

我對林說，你愛她嗎？那是在市區中心的一個廣場裡，林給了我他的結婚請帖。是他工作地方的一個女孩，執意地喜歡他，甚至和原來的男友分手。那時距離我寫信給他的日子剛好一個月。林在長久的沉默後，選擇了倉促的婚姻。

時間久了，終會愛的吧。林輕聲地說。我只是累了，想休息。我們在來往的人群裡佇立。一些隱約的記憶在風中破碎。夏天夜晚的涼風，空氣中潮溼的植物的氣息，滿天星光。還有薔薇花架下那個肩上落滿粉白花瓣的男孩。我恍然伸出手去，卻看到手上的淚水，林的眼淚一滴一滴地打在我的手指上。

在林的婚禮上，我看著他幫那個女孩戴上戒指，轉過臉去親吻她。我的心裡寂靜。我們告別。我在人群中走著，繁華大街上的霓虹開始一處處地閃耀起來。在商店的玻璃櫥窗上，我看見我自己。

我的生活還是要繼續。日復一日上班，回家後對著電腦給電臺寫無聊的稿子，一邊放著喧鬧的搖滾音樂。偶爾會出去旅行，邂逅一個可以在山頂一起喝酒看夕陽的陌生人。或者和一個對我的任性會有無盡耐心的男人約會。或者嫁給他，幫他做飯洗衣服，過完平淡的一生。我漸漸明白我的等待只是一場無聲的潰爛。但是一切繼續。

學生會的會議上，我坐在角落裡，看見窗外的操場漸漸被暮色瀰漫。林的聲音，在空空蕩蕩的禮堂裡迴響，伴隨著女孩宛轉的調侃和清脆的笑聲。人群中，林是英俊而神情自若的。他微笑著應對，機智溫和，有著優等生的矜持。我遠遠看著他，心裡那種溫柔的惆悵的東西，像潮水一樣輕輕湧動。可是我不動聲色。

林突然回過頭來問我，安，妳有什麼意見嗎？我幾乎是狼狽地搖了搖我的頭，在眾人的注目下。我習慣了在他的鋒芒畢露下保持沉默。從小我就是喜歡在一邊察言觀色的女孩。可是我想跑到操場上去，寂靜空闊的大操場，暮色天空中有鳥群飛過。我想再次奮力奔跑，風聲和心跳讓人感覺窒息。在暈眩般的痛苦和快樂中，感覺和鳥一樣，在風中疾飛。

一次，又一次。

下墜

花。

她在大街扶手欄上已坐了很久，盯著那幢高層大廈的玻璃門。直到眼睛開始發花。

初秋陽光像一隻柔軟的手撫摸在臉上，雨季剛剛離開這個城市，空氣仍然潮溼。她聽到樹葉上殘留的雨滴打在皮膚上的聲音，飢餓使她的感覺異常敏銳，也許眼睛都會灼灼發亮。一切應該正常。她相信她的運氣會比喬好。

喬最後一天離開是去麗都。她還在家裡休養。喬對著鏡子仔細地塗完黑紫色的口紅。

她的嘴脣就像一片飽含毒汁的花瓣。喬說，老闆打電話來，今天晚上會有臺巴子來看跳舞。

我明天回來買柳橙給妳，然後再去看看醫生。

她走後的房間，留下一地骯髒的化妝棉，一個月後散發出腐爛氣息。她等了喬整整一個月，終於確信喬已經消失。

她們是在機場認識的。喬那天穿黑色的T恤和舊舊的牛仔褲，戴豹紋邊框的太陽眼鏡。素面朝天，像個獨自旅行的女大學生。像所有跳豔舞謀生的女孩，在白天她們總是冷漠收斂的樣子，看人都懶得抬起眼睛。她不知道為什麼喬會注意她。喬執意問她是否去上海。她的口袋裡除了機票已經一無所有。

她說，她去上海找工作。海南在夏天太熱了。

她們坐在空蕩蕩的候機廳裡，喝冰咖啡。夜航的飛機在天空中閃爍出亮光。喬的手指輕輕地撫摸她的手臂，她轉過臉去看喬。喬注視著她的嘴脣，手指像蛇一樣冰冷地游移。

喬說，妳跟我走。她逼近安的臉，妳是否想清楚。喬的手貼著安的皮膚開始灼熱。她聞到喬呼吸中腐敗的芳香。然後看到喬的臉上，左眼角下面一顆很大的褐色眼淚痣。

她們在浦東租了一間房子。喬去麗都跳舞，每天晚上出去，早晨回來。整個白天喬幾乎都在房間裡睡覺。快下午的時候，才起來吃點東西，或者出去逛逛街。安去麗都看過喬的演出。她穿著鮮紅的漆皮舞衣，在鐵籠子裡像一隻妖豔的野獸。男人冷漠的視線在黑暗中閃爍。在他們的眼裡，喬僅僅是一個性別的象徵。安侷促地站了一會兒。渾濁悶熱的空氣終於讓她無法呼吸。

那天早上她不願意讓喬碰觸她的身體，喬伸手就給了她一個重重的巴掌，非常生氣。

歇斯底里地咒罵她，把盛著冷水的杯子砸到她的身上。披散著長髮，淚流滿面，身上只穿著一條薄薄的睡裙。終於她平靜下來。她說，妳不瞭解，有時我們是無能為力的。她抱住一言不發的她。親吻她的手指。妳可以選擇我或選擇另外一個男人，但妳無法選擇生活。

這樣的爭吵常常爆發。她已習慣。喬不喜歡男人，喬的內分泌失調，脾氣暴躁。喬最喜歡做的事情是白天睡醒的時候，在房間陰暗的光線裡親吻她的肌膚。一寸一寸，溫柔纏綿。她說，只有女人的身體才有清香。女人其實是某一類植物。

喬問她，妳是否愛過男人。她說，愛過。

他應該已經結婚了。做了父親，開始發胖。她第一次看見他，他才十四歲，是英俊明亮的少年。愛了他整整十年，終於疲倦。喬說，有沒有做愛。她說，只有一個晚上。

預感到自己要離開他了，所以想要他。整個晚上不停地做愛。是他大學畢業的那個夏天，想把自己對他十年的愛戀都在一個晚上用完。沒有了。

喬看著她，兩個人的眼神一樣空洞。

她在陽光下換了一種姿勢，等待的男人還沒有出現。她守候了他一個星期。整個上午，她只吃了半筒發霉的餅乾。喬的消失使她又回復一貧如洗的狀態。她費力地嚥著口水，想去除喉嚨中餘留的黴菌氣味，不知道那裡是否長出綠色的絨毛。

走進百貨公司，她的臉色因為長時間的隱匿而蒼白。一個小時後走出店門，她有了一張無懈可擊的臉。薔薇般的胭脂，珊瑚色的口紅，還有眼角隱約閃爍的銀粉。這些都是化妝品櫃檯的試用品。服務良好的小姐為她進行了試妝，而她的包裡只有幾塊硬幣。說謝謝的時候，她在小姐的眼神裡發現了某種輕蔑，但是這無法影響她的心情。在大街的人群和陽光裡面，她感覺自己還是這樣年輕。青春如花盛開。雖然能夠溫柔採摘的人已經遠走。

貧窮是一種可恥。喬說過，我們應該有很多錢，如果沒有愛，有錢就可以。就這樣她們在人潮裡起伏。她們像路邊的野花，自生自滅。開了又敗。二十二歲她離家出走。在轟隆作響的火車上，想著時光會如廣闊的田野伸延到遠方，充滿神祕和傳奇。命運握著手心讓她猜測裡面隱藏著什麼。她的心情不安而振奮，不知道漂泊流離的生活從此開始，再也無法回頭。

而十七歲就出來跑江湖的喬，只是淡淡地說，在妳放棄的時候，妳同時必須負擔更多的東西，包括對妳所放棄的不言後悔。

那麼喬是否後悔過呢。喬最快樂的事情，是在巴黎春天裡面，輕輕一揮手，就買下一雙幾千塊的細帶子皮涼鞋，新款眼影，手工刺繡的吊帶裙子。喬對殷勤的店員們從來不正眼看。走在百貨公司華麗空敞的店堂裡，喬的脖子顯得挺拔而雅致。也許這是促使喬從湖南農村跑到繁華城市的夢想。喬接受了支撐起這個夢想的代價。所以當客人把菸頭扔到她的臉上，她會蹲下去，嫵媚地把它放在脣上。醉生夢死。喬說，生活會變得像一朵柔軟的棉花，讓人沉淪，沒有尖銳的痛苦。只要不揭穿真相。

下午五點，大廈的玻璃門流動的人量開始增加。那個男人出現的時候，她剛好在陽光下瞇起眼睛。雖然中年的身材開始有些鬆懈，一張臉還是敏銳。他坐進了一輛黑色的本田，把擋風窗搖了下來，他看到了她，他的目光停留在她的臉上。

她跳下扶欄，慢慢地向他走過去。腳上穿的細高跟涼鞋是喬留下來的。走路時感覺到身體的擺動，在臉上停留的男人的視線也在晃動。走到他的車窗邊，兩隻手搭在車頂上，俯下臉很近地看他。她聽到他的呼吸。在他的眼睛裡，她看到自己豔麗傾斜的容顏。男人看著她，然後他說，上車吧。

她一度想離開喬。她喜歡男人比女人多，她和喬不一樣。生活時而奢侈，時而拮据，還有喬的喜怒無常。她感覺到喬對她的迷戀是一片冒著溫熱溼氣的沼澤，要把她吞噬，芳香而糜爛，溫情而齷齪。

她在上海找的第一份工作是在一個空運公司做業務。打單子，聯絡客戶。雖然工作很累，但是讓她呼吸到正常生活的空氣。白天出沒的人和在夜晚出沒的人是不同的。夜色中的人更像動物。

林是她在進出口公司的一個客戶。第一次見到他的時候，是在他的辦公室裡。二十五層的大廈上面，落地玻璃窗外是晴朗天空。林穿著一件白色的襯衫，挽著袖口。他的眼睛讓她想起她愛過的那個十四歲少年，清澈溫和，眼神像一塊深藍色絲絨。她看到他覺得時光如潮水退卻，溫柔酸楚的心還在那裡，輕輕地呼吸。

林請她喝咖啡。黃昏的咖啡店外面是暮色和雨霧，店堂裡有飄浮的音樂和菸草味道，還有濃郁的咖啡香，讓人恍然。林給她點了核桃夾心泥和香草杏仁咖啡，他的眼睛一直注視著她。牆上有一幅讓客人留言的小板。Message Exchange，上面插滿各式各樣的小紙條。中文，法文，英文，德文。林把他的香菸空盒子撕下一條來，在上面用圓珠筆寫了一行字，也插在了上面。他抽的是韓國的菸，那個牌子很奇怪，叫THIS。純白的底色上有藍色和紫色的圖案，好像隨手抹上的顏料。

從咖啡店出來的時候，雨停了。

林的親吻像蝴蝶的翅膀在她的唇間停留。她輕輕閉上眼睛，問自己，是否可以再愛一次。

男人的車停在Grace門前。那是一家來自歐洲的服飾店鋪。男人說，進去換套衣服。

店裡幾乎沒有人，只有幽暗的香水味道。他給她挑了一條暗紅的上面有大朵碎花的雪紡裙子，裡面有黑色襯裙。一雙黑色緞子涼鞋，綁帶上有小粒珍珠。他用信用卡付掉了她無法預計的數字。他說，我只喜歡給漂亮的女孩買衣服，這條裙子的顏色適合妳的胭脂。他說著一口臺灣腔調國語。

她在試衣鏡裡看著煥然一新的自己。她的包包裡只有幾塊硬幣，雙手空空什麼也沒有，而這個男人可以揮金如土，給她買一套行頭就好像隨便拋給鴿子幾塊碎麵包屑。

再次回到車裡，男人漫不經心地問她，妳喜歡吃什麼。她說，隨便。那麼我們去凱悅吃泰國菜，聽說那裡有美食展。他開著車，不動聲色地，他的手放在了她的腿上。妳很瘦，但是我喜歡妳的眼神。他專注地看著前面的路況，似乎是不經意的，他說，妳喜歡什麼樣的體位，上面還是後面。

她輕輕咬住嘴脣，聽到牙齒發出咯咯的聲音。她害怕一發出聲音，就會撲到窗外。

那是春天，她在上海的戀情像一場花期。她想她用所有的錢買了一張到上海的飛機票是宿命的安排，這個上海男人把她從夜色中拉了出來。

喬很快發現她的戀情。喬說，妳不要作夢了。這個男人負擔不起妳的過去和未來，他只能給妳一段短暫的現在。她說，我要這段現在，比一無所有好。喬暴怒地撕扯她的頭髮，打她耳光，吼叫著命令她滾出這間房子。

她當夜就坐上從浦東開往浦西的公車，手裡只有一個黑色的提包。就好像她從海南到上海，在機場和喬相遇的時候。公車搖搖晃晃地在夜色中前行，路燈光一閃而過，她看見車窗玻璃上自己的臉卻煥發著熠熠光彩，似乎是一次新生。林的視線是一塊深藍絲絨，溫柔厚重地把她包裹。

他們一起過了三個月，生活開始漸漸平淡，現實的岩石卻浮出海面。她的心裡一直有隱約預感。有時半夜醒過來，看著身邊的這個男人，撫摸著他的頭髮輕輕掉淚。

林是屬於另一個階層的男人。她漸漸明白，愛情在某個瞬間裡可以是一場自由的激情。而在生活的漫長範圍裡，它受的約束卻如此深重。

終於林吞吐著對她說，他無法和她結婚。因為他的父母聽了他的要求後，去調查了她的情況，最後表示堅決反對。林說，對不起，他埋下頭，溫暖的淚水一滴一滴跌碎在她的手背上。

她說，我理解，我是身分不明的外地女孩，而且我和一個跳豔舞的女孩同居很長時間。我一無所有。

她看著他，她知道他依然是愛她的。如果她罵他，要脅他，甚至哀求他，他都會考慮安排她的生活。甚至會依然和她在一起。但她已經疲倦，她什麼都不想再說。她只是問他，如果我走了，你會如何生活。他說，我會很快結婚，然後用一生的時間來遺忘妳。

兩個月後，他結婚了。新娘是一個小學老師，土生土長的上海女孩。他結婚的那天，天下著清涼的雨絲。她跑到教堂的時候，他們剛好完成儀式，驅車前往酒店。新娘一角潔白的婚紗被夾在車門外，在風中輕輕地飄動。她沒有看見他。她在櫻花樹下站了很久。一片一片粉色的細小花瓣在雨水裡枯萎。她用雙臂緊緊地擁抱著自己，可是依然覺得冷。

男人帶著她走進電梯。他訂的房間在二十七樓。吃飯的時候，他的眼睛一直注視著她，讓她想起林在咖啡店裡的眼神。如果那個男人愛妳，他的眼睛裡就有疼惜。如果不愛，就只有慾望。她吃了很多，整整一天的飢餓得到緩解。她的臉上應該有了血色，而不用再靠胭脂掩飾。

男人說，我很喜歡妳，可以幫妳租公寓，每個月再給妳生活費。或者妳可以來我的公司上班。她似笑非笑地看著他，沒有說話。突然她想到，這個神情是否很像喬。喬在面對男人的時候，常常會這樣，不屑而神祕的樣子。

男人說，為什麼不扔掉妳的提包，我可以重新給妳買一個。Gucci 的喜歡嗎？

她說，這個包是我從家裡跑出來以後唯一沒有離開我的東西。

電梯微微震動地上升。男人輕輕地親吻她的脖子，他的呼吸裡有菸草和酒精的味道。他說，我有預感我們的身體會很適合，越是看起來沉靜的女孩越會放縱。我喜歡。

她回到浦東的暫住房時是凌晨三點。喬還沒有下班回來。她不知道喬什麼時候回來。坐在門口恍惚地就睡著了。然後她聞到熟悉的香水味道，喬的長髮碰觸到她的臉頰。看過去疲憊不堪的喬臉上濃妝還沒有洗掉。

喬說，我知道妳肯定會再回來，但沒想到妳這麼快就回來了。那個男人比我想像中的還要脆弱。

她安靜地看著喬，沒有說話。喬卻哭了，把她擁抱在自己的懷裡，臉緊緊地和她貼在一起。我會和妳在一起，男人都是騙子，我們才能夠相愛。她麻木地被喬擺布著。眼睛一片乾涸。

喬陪她去醫院做了手術。喬一直不停地咒罵著，那個臭男人，便宜了他。她奇怪自己的心情，她真的一點也沒有恨過他。心裡只有淡淡的憐惜。是對他，對自己，還是對這段感情。然後她又看到路邊那間熟悉的咖啡店。她叫計程車停下來。她忍不住又走進了那裡。留言板上的小紙條還是密密麻麻。她很輕易地就找到了那張香菸盒子做的紙條。她輕輕地把它打開來。

她看到林淳樸的字跡。在那裡寫著短短的一行字。我愛這個坐在我對面的女孩。一九九九年三月十二日。林。

她微笑著看著它。物是人非，時光再次如潮水退卻，她的絕望卻還是一樣。她終於可以確信他們之間真的是有過一場愛情。就在那一天，僅僅一瞬間。她把紙條折起來又放了回去。

走出咖啡店的時候，她回過頭去。那個靠窗的位置是空蕩蕩的。沒有那個男人。不會再有。

穿過鋪著厚厚米色地毯的走廊，男人用房卡打開了房間。他沒有開燈，卻把窗戶玻璃全部推開。清涼的高空夜風猛烈地席捲進來。男人說，暗淡光線下看漂亮的女孩，會更有味道。他說，現在過來把我的衣服脫掉。她脫掉他的衣服，中年男人的身體散發某種陳舊的氣息。她的手指摸在上面，就好像陷入一片空洞的沙土。她聽到他濁重的呼吸，她看著他慢慢仰躺在床上，他閉上眼睛，露出沉迷的神情。

寶貝，繼續。他輕聲說。她沒有脫掉裙子，坐在他的身上，開始舔吮他的耳朵。她感覺到他的心臟，有力地跳動著。是強盛的生命力，不肯對時間妥協。她是在和一個陌生的男人做愛，她的心這時才陡生恨意。

她的手慢慢伸到床下，摸到了打開的提包裡，那把冰冷的尖刀。

喬說，安，等我再賺點錢，我們離開上海，去北方。

在房間裡，喬披散著長髮，像一片輕盈的羽毛飄浮在夜色裡。喬的親吻和撫摸灑落在她的肌膚上，她躺在那裡，看著黑暗把她一點一點地淹沒。

如果我們老了呢，我們會漂流在哪裡。她輕聲地問。

不要想這麼遠的事情，我們沒有這麼多時間可以把握，也許下一刻就會死亡。喬微笑著，把臉埋在她的胸口。妳的心跳，告訴我生命的無常。

她感覺到自己身體裡面血液的流動已經開始緩慢。也許真的該離開上海了。這裡不是她們的家。她們是風中飄零的種子，已經腐爛的種子，落在任何一個地方都不會生長。

喬說，妳是否害怕我也會離開妳，不會。我們以後可以隱居在一個無人知曉的小鎮，開一個小店鋪，相愛，過一輩子。她緊緊地抓住喬的手指。她終於看不到任何光線。

刀扎進男人身體的時候，她聽到肌膚分裂的脆響。溫熱液體四處飛濺。男人號叫著從床上仰起頭，一手把她推倒在床下。她知道自己的方向扎偏了。不是心臟，而是在左肩下側。

她沒有給自己任何猶豫，拿著刀再次撲向受驚的男人。她想，他該知道什麼是疼痛了。

她用了一個月的時間，幾乎花掉了喬和她自己留下的所有積蓄，才查明這起被隱匿的謀殺。在喬失蹤的那一天。這個男人把喬請到他的包廂。他喝醉了，想帶喬出去，喬不願意，他敲碎 whiskey 的酒瓶扎進了喬的脖子。

這是發生在包廂裡的事件。在這個城市裡他太有錢了。喬是一個二十三歲跳豔舞的外地女孩。喬就像一隻昆蟲一樣，消失在血腥的夜裡。可是她等著喬，等著她生命中最後一句諾言，她已經別無選擇。

滿手的鮮血使她抓不穩手裡的刀柄。就在她靠近有利位置的時候，她的刀因為用力過猛滑落在地上。男人扭住了她的手臂，因為恐懼，他的手指冰涼地扣在她的肌肉裡面。他一直把她推到窗口那裡。她的上身往窗外仰了出去，滿頭長髮懸在風中高高地飄揚。

妳想殺我嗎，男人的臉俯向她，他肩上的血液滴落在她的臉上，黏稠而清甜。他的笑容在夜色中顯得詭異，他輕聲地說，寶貝，妳不知道妳的下一刻會發生什麼。我們誰都不知道。

突然之間，她的身體在推動之下，鈍重而飄忽地拋出了窗外。

這是她生命裡一次快樂的下墜。在漆黑夜色中看見下面的燦爛霓虹和湧動人群，很像她童年時沉溺過的萬花筒，搖一搖，就會有無法預料的安排出現。她從小就是個好奇的孩子。她的暗紅色雪紡裙子在急速烈風中像花一樣盛開，赤裸雙足感覺到露水的清涼。有一刻她的手試圖抓住什麼東西，但在無聲滑落中，她終於接受了手裡的空虛。

有些時光是值得回想的。十四歲少年明亮的眼神。春天的氣息。甜蜜的親吻。肌膚的溫度和眼淚的酸楚。教堂外面的櫻花。在風中飄動的潔白婚紗。一個女孩獨自坐在夜行的火車上。

她輕輕在黑暗撲過來之前閉上了眼睛。

午夜飛行

瑪莉蓮是位於西區的一個小酒吧。威士忌蘇打和Disco是它的招牌。他手裡夾著菸走向她的時候，她孤立無援地站在角落裡。一個拿著大玻璃罐啤酒的男人，突然撞著了她。男人沒有任何表情地走過去了，沒有說抱歉。而她似乎不受任何驚擾的安靜，那種沉著引起他的興趣。

妳從不到前面來跳舞，他說。他看到她的髮鬢插一朵酒紅色的小雛菊。他已經很久沒有看到頭戴鮮花的女孩了。

我不喜歡光線，它讓我感覺會遁形。她說。

舞池中的情人們擁抱在一起。空氣中飄浮灰塵和情慾的味道。這裡有很多夜間出現的動物，身分不明，神情曖昧。但是她似乎並不是來玩的人。

能請妳喝杯酒嗎？

可以，威士忌蘇打。

女孩仰起頭的時候，露出脖子性感的線條。她把杯子放在吧檯上，手指微微地蜷縮著。

他抽了一口菸，瞇起眼睛注視她。他說，妳來這裡做什麼。

她說，等人。等一個約好的人。

他一直沒有來嗎？

是。他一直沒有來。

他點點頭。他突然之間把手放在了她的脖子上，那一塊肌膚像絲緞一樣。他用拇指和食指的指尖揉搓著它。

那個我等的男人，他叫我Angelene。她說。

凌晨四點左右，他騎著破舊的單車回到租來的房間，洗完澡然後開了一瓶酒。房間很簡陋。他來到這個南方城市不久，而且很快就會離開。他想著她的名字，拿出旅行包翻出一盤CD。那是他在火車站附近買來的打孔帶子。P. J. Harvey，一個黑髮女子，第一首歌的名字就是「Angelene」。

微微沙啞的聲音飄浮，他赤裸地趴倒在床上，一邊喝酒，一邊用一根鐵絲扎進自己的手腕。很快，他就在無法控制的顫抖中發出沉悶嘶叫。一滴一滴，黏稠的液體融合在一起。在從窗縫間漏入的陽光裡，他看到地上的CD凝固著幾滴褐色的血。

跟我走，他說。我有一張唱片送給妳，在家裡。

女孩在角落裡等了他很久，酒吧裡的人不多了。他們一起走到門外。大街上空蕩蕩的，只有梧桐的枯葉在夜風中迴旋。天氣越來越寒冷。

妳該穿外套，他說。他把她的身體摟在自己的夾克裡。

我怕他會認不出我，最後一次告別的時候，我穿著白裙子。女孩說。她的眼睛很明亮。描著一根細細的眼線，是幽暗的土耳其藍。已經暈染開來。

他會來嗎？

我不知道。

他們沿著荒涼的馬路走到郊外。等車吧，女孩說。她微笑地仰起頭。星光下，他看清她左眼角下面褐色的淚痣，他俯下臉親吻那顆被凝固的眼淚。他說，我好像在什麼地方曾經愛過妳，他聞到她肌膚上散發出來的冰涼的塵土味道。這麼晚還會有車嗎？

有，夜間公車能隨時帶我們去想去的地方。女孩輕聲地說。

夜色中大巴緩緩開過來，沒有發出任何聲音。他跟著她上了車，車又無聲地開動了。座位上零散地坐著幾個人。她說，我們去上面一層，能看到星光。微微搖晃的車廂裡，他感覺到很冷。

女孩說，你在發抖。

他說，有點冷。他的手撫摸她的身體。他喜歡她冰涼柔軟的肌膚，因為有慾望的身體會有灼熱的溫度，而熱的氣息會讓他想到血。他忍不住就會想像血從肌肉中噴湧而出的景象，那會讓他噁心。
女孩說，你想和我做愛對嗎？
他沉默地看著她，他說，是。
可是我要你用東西和我交換。
他說，可以，妳要什麼。
女孩輕聲地說，我要你心裡的往事。
她不願意開燈。在他簡陋的閣樓裡，她的身體融化成一片洶湧而溫柔的潮水。那片潮水把他吞沒。終於結束了。他像一片葉子一樣，飄浮在虛無中。
她說，你的家在哪裡。
在江西的一個小鎮，每年都有水災和死於血吸蟲病的人。
你憎恨貧窮嗎？
是，我憎恨貧窮，因為它無法擺脫。
為什麼出來了。
因為父母死了，他仰躺在床上，看著女孩赤裸的身體。她撫摸著他，她說，你的肚子上有個傷疤。
他說，別人捅的。

你是一個有傷疤的男人，她說，這裡面還有血的味道。她低下頭吸吮他的傷口。中午他醒來，女孩已消失不見。她帶走了他的唱片。枕頭邊有她一根長長的髮絲，放在陽光下看的時候，突然斷了。

他來到上海，感覺隨時面臨末日。每一個夜晚，都看到這個男人，他的臉俯向放在地上的木盆，肥胖的脖子在他的手心裡抽搐。他讓這個男人聽血滴在盆裡的聲音。那是這個男人的血。脖子上的黑洞，在抽搐時湧出一股又一股冒著熱氣的血液。是這樣鮮活的芳香的液體。木盆裡的血凝固成了黑色。男人的皮膚漸漸褪成了蒼白，像一層撕下來的薄紙。男人的血終於流乾了。

他身體的每一根脈管都在洶湧著快樂。他忍不住在顫抖中發出呻吟。在此後的每一個夜晚，只有聞著血腥的甜膩氣息他才能入睡。可是他覺得自己身體裡面的血慢慢地乾涸。

夜晚八點，他騎著破單車去酒吧上班。半路他在一個雜貨鋪買了一包菸，還有消毒藥水和膠布。在稍微的遲疑之後，他示意店主給他一盒雙面刀片。

他用一張扔在櫃檯上的舊報紙包住自己買的東西。報紙上有怵目驚心的標題，大意是發現被肢解的男屍，找不到頭顱，正在追查疑凶之類。城市每一天都有可能爆發罪惡。死亡的陰影無處不在。殺和被殺的人，有他們人性的是非標準。但如果由社會來衡量，它就立即變得簡單粗糙。沒有人能預料和看透隱藏著的仇恨。他把那張報紙揉成一團，丟進了車籃。

女孩遠遠地出現在吧檯邊。他低著頭不去看她。在某個瞬間，他們的身體纏綿地交融。可是這一刻，他只把她當成人群中的陌生路人。女孩在角落裡散發著藍光，沒有任何男人和她搭訕。她的舊裙和素臉，似乎引不起旁人的興趣。他腹部的傷口突然疼痛起來。她一直等到他下班。他發現她手裡拿著他的唱片。他說，為什麼不放起來。

她說，沒地方放，我拿著挺好。她看過去更加陳舊了。裙子，皮膚，氣味，甚至土耳其藍的眼線，都模糊不清。他看到她脖子上紫紅的血斑，是他在激情的瞬間吸吮出來的。

心情不好嗎，她說。

不要再讓我看到妳，他沉悶地說，我不是妳等的那個人。

她微笑，我聽了唱片了，是那個男人給我放過的。他以前就在這裡當ＤＪ。凌晨，當他快下班，這是他放的最後一首歌。

Rose is my colour, and white
Pretty mouth, and green my eyes.
I see men come and go
But there will be one who will collect my soul and come to me.

她輕輕地閉上眼睛哼唱著。然後伸開手臂，獨自在空曠的酒吧裡轉圈。沒有舞伴。她的舞伴一直沒來。

他們再次搭上午夜的公車。還是坐在空蕩蕩的上層車廂。他聞到寒風裡面泥土的氣息，公車正緩慢地穿越曠野，天空中有冰涼星光。女孩說，在我遇見他之前，我以為自己的愛情是一個夭折的孩子，來不及長大就死亡了。他從北方來到這裡，我知道他不屬於這裡，可是我愛上了他。

她把臉埋入他的懷裡。我請求他帶我走，帶到很遠很遠的地方，我不怕吃苦，只要他擁抱著我。哪怕只有一個夜晚也好。

他冷冷地說，他不會帶妳走的。他不會想讓愛情束縛自己的自由。

她說，是。他喜歡自由。但他對我許下諾言。

他說，是在做愛之前許下的諾言吧。男人都這樣。

她說，我對他說過，不需要許諾。因為我不期待，但他要給我。既然許下諾言，我就一定要他踐行。

那座廢棄的公寓修建了大半而後被廢棄，佇立在荒野中。遠遠看過去，像一艘拋錨的船。

他跟著她走到樓梯下面。濃密的雜草裡開著大片的雛菊，酒紅的雛菊，是她黑髮上的那一朵，散發出刺鼻的清香。

他們踏上臺階。走到樓道的拐角處，他把她推倒在牆上。他說再讓我看見妳，我就殺了妳。然後他粗暴地親吻了她。他聽到樓道外面呼嘯的風聲。生命無盡的孤寂就像一片野地，他說，我不愛妳。

走到樓頂，他拿出菸來抽。他抬起頭看不到星光，夜空是漆黑的。

她輕輕地說，所有的星已經都墜入了大海。在他離開我的那一個瞬間。

他說，他許諾要帶妳走。然後他走掉了。

她說，他想去另一個城市。他說他對上海厭倦了。

他說，妳無能為力嗎？

她說，不。我有。

來，過來。她輕聲喚他。他這時發現自己和她一起站在了樓頂的邊緣。下面是深不可測的黑暗。風把他吹得顫抖。妳可以試試飛行，像一隻鳥。她說，有一天我發現，飛行能帶我脫離這裡。她平伸開手臂，挺直地站立在風中。長髮四處翻飛。

他說，我不需要飛行。他開始慢慢地靠後。

她笑了，你很恐懼是嗎，她說，殺人的時候你恐懼嗎？她說，我知道你殺過人。你的身上總是有血腥味道，你的肉體已經在仇恨中腐爛。

那一年村莊水災嚴重，村裡的長官卻貪汙了支援的物資和錢款。父親寫了一封檢舉信被發現了，拖進鄉政府裡打了三天。母親賣了豬，傾盡所有。可是父親回到家拖了一天就死了。

他還是個少年，逃離故鄉是冬天，狂奔了一百多里山路，爬上一輛開往北方的貨車。厚厚的棉襖裡都是血，血從腹部流出來，凍成了硬塊。

他冷冷地看著她，公理是上天注視著蒼生的眼睛，它會給我們結局，是公平的。

女孩說，可是我們都沒有等到是嗎？

他轉身向樓下走去。當他的腳踏上厚實的雜草，他看到女孩的白裙像花朵一樣在空中綻開，長髮高高飄起。當他在曠野中飛奔的時候，他聽到她的笑聲。他轉過頭去，看到她的身體墜落了下來。

清晨，他在街上聲浪中驚醒，遠遠聽到警車的呼嘯在風中消失。

他下樓去買菸，聽到菜場附近議論，那起全市聞名的分屍案有了線索，因為有人在郊外野地發現了頭顱。

黃昏的晚報登出了彩照和報導。他看到昨天夜裡公車把他送到的那幢公寓。被廢棄的荒樓，草地上滿是野生的雛菊。日光下那是純白色的菊花。員警在菊花叢下挖出了案發一週後出現的頭顱。他的心緊緊地縮成一團。他跑到附近的圖書館去查看前幾天的晚報。他看完整個案件的系列報導。在垃圾堆裡發現的零散屍塊，瑪莉蓮的DJ已失蹤數天，是一個北方口音的外地年輕男子，曾和一個常出現於酒吧的女孩來往頻繁。那個女孩是臺商包下來的金絲雀。

報上登出那個女孩的照片。他把報紙鋪平在桌上，一動不動地看著，看到女孩身上圓領無袖的白裙子和她的土耳其藍眼線。

他來到公安局處理案件的科室，他說，我看到過那個女孩。接待他的是個年輕的男人，男人微笑著看他，什麼時候看到的，在哪裡。

前幾天晚上都看到，在瑪莉蓮酒吧。

男人點點頭，他說，我們曾經在報上登出公告，凡提供有效線索的人可以領到報酬。所以一直不斷地有人來。但是已經不需要了。

他說，為什麼。
男人說，因為我們七天以前已找到了她。
他說，我可以跟她說話嗎，我昨天還和她在一起。
男人再次意味深長地微笑，他說，本來是不必要讓你看的。但我想讓你知道你應該做一件事情。
男人把他領到地下室。男人推開一扇大鐵門，裡面是寒氣逼人的停屍房。男人說，她在三號屍床。他慢慢地走過去，停在陰暗的寒氣裡，撩開鋪在上面的布。他看到了她素白的臉，舊的皺絲裙子，上面都是血跡。
男人說，你現在知道應該做什麼了，去醫院看看精神病科。我們在郊外的荒樓裡發現她，她在那裡隱匿了很久，也許因為飢餓，爬上樓頂跳了下來。但是沒想到她把那顆頭顱也帶在了身邊。她把它埋在白色雛菊下面，今天有人在那裡收拾垃圾，發現了血跡。如果頭顱是那個ＤＪ的，案件就已經清楚。
他站在那裡。他看到她臉上的表情，還有脖子上那塊紫紅的血斑。
晚上他收拾了行裝，準備當晚就坐火車離開上海。他想再給自己一年的時間。他想去農村教書，然後就去自首，雖然那起謀殺已經過去十年。在十年裡面，他每天晚上都聽到那個男人滴血的聲音，那個貪汙並打死他父親的男人。他是貧困少年，在權勢面前無能為力，除了拿起那把殺豬刀。那時憤怒和仇恨控制了一切，可十年的流亡生涯以後，他開始相信公理。

他預感到末日即將來臨。在把刀扎進男人脖子的時候，他已經走到了邊緣。

在夜色中，他走到路邊等車。寒冷深秋來臨。他想起自己在深夜黑暗的山路上狂奔，看到滿天星光，照耀著前路。可是他知道死亡的陰影已和他如影相隨。他想重新開始生活。如果能夠逃脫，他願意贖罪。可是身上的血腥味道日日夜夜跟隨著他不放。

空蕩蕩的馬路上，他又看到那輛緩緩行駛過來的公車。他沒有動。他看著它在他前面停了下來。女孩在車門口出現，她的黑髮上還戴著那朵酒紅的雛菊，清香的鮮活的花朵。她孤單地微笑著，頭髮在風中飄動。

為什麼你會做得這麼徹底。你砍得動他的骨頭嗎？

他答應過我，要帶我走。帶我去北方，帶我離開這個城市。

但是人可以隨時修改自己的諾言或者收回。這並沒有錯。

是。現在我也會這麼想。我會寬容他，讓他離開。生命都是自由的。

可是你殺了他。

我無路可走。他帶給我唯一的一次希望。

為什麼不去自首而要跳樓。

我很餓，也很冷，我想其實我自己也可以脫離。飛行。她孩子氣地笑了。我以為已經是一隻鳥，可是牠的方向是下墜的。

她把ＣＤ拿出來交給他，她說，帶走它吧，我已經不需要歌聲了。如果沒有感受到幸福，也許就不會有絕望。我想讓他擁抱著我，一刻都不要分開。也許他並不知道他做錯了什麼，我還想等到他。

他把ＣＤ放進了包裡。她說，你不和我一起去嗎？

他說，不。我還需要時間。他說，請妳離開我。為什麼妳要跟隨著我。

女孩輕輕地撫摸他的臉。她說，你很英俊。很像他。可是你身上到處是恐懼和腐爛的血腥味道。你已經沒有時間了。

她輕聲地哼著歌上了車，車門關上了，公車無聲地開向黑暗的前方。

Two-thousand miles away,
He walks upon the coast.
Two-thousand miles away,

It lays open like a road.

三天三夜的火車，把他帶到了北方的一個城市。他一下火車就被扣留了。因為他的背包不斷地滲出血液，發出腐爛的惡臭。檢查人員打開包檢查，裡面有一些衣服。CD不見了，卻發現大堆凝固的血塊。他們發現了他的假身分證。

你真實的名字叫什麼。

家鄉在哪裡。

身上是不是有傷疤。

抬起頭來……

江西小鎮在逃的謀殺罪案犯在十年後落網。

疼

在房間裡，她面對他，脫掉吊帶內衣，長髮濃密。雪白肌膚上，他看到她左胸上的紋身，是一隻藍得發紫的蝴蝶，張著詭異而綺麗的雙翅。他把手指放到上面去的時候，聽到心跳，這才感覺到自己的恐懼。

他問她，疼嗎？

她笑著說，它是沒有血液的，所以它不會疼。

對於一個男人來說，這樣的女子隨處可見。週末的時候，他像任何一個出沒在西區酒吧裡的單身男子，坐在吧檯邊，解開襯衫上的領帶，聽聽Jazz，喝一杯酒，然後在凌晨醺然地頂著寒風回家。

這也許是他生命中最寒冷的一個冬天。相愛多年的女友去了美國，這段感情只能以遺忘告終。體面繁忙的工作暫時給了他安慰。可是在這樣一個夜晚，沒有手提電腦，沒有客戶，他只是想找個年輕的女孩，和她做愛。

她過來對他推銷啤酒。對他說話的時候，長長的頭髮就在一邊流瀉下來，半掩住臉頰。他記得自己的動作。他把她的頭髮拂過去，然後用左手的中指和食指撫摸她的嘴唇。她沒有塗口紅。柔軟溫暖的嘴唇像打開的花朵。女孩似笑非笑地看著他，眼神是淡漠的。然後她輕聲說，我凌晨兩點下班。

退卻的瞬間，他有一種會掉下眼淚的感覺。眼睛注滿淚水。懷中絲緞一樣的身體，空虛和快樂。他們是如此陌生，卻帶給彼此安慰。女孩拉開一角窗簾，輕輕地說，外面下雪了。

淡淡雪光照亮房間裡，她下床撿起牛仔褲和襯衫。

不留下來嗎，他說。不了，我要回去。女孩俯下身看他，她有一張微微蒼白的嫵媚的臉，脖子上印著他吸吮出來的紫紅血斑。他抽出幾張紙幣給她。拉開門，她瘦削的身影消失。沒有說再見。沒有親吻。

他在一週後再去找她，她已不在酒吧。老闆說她去新開的 Disco Club 工作，她的名字叫 Dew。夜色寒冷。他走在去往 Club 的路上，看到影子沉淪。

她胸口上的那隻藍紫色蝴蝶在心裡撲動，熱力的，帶著疼痛。是否要去找她。在正常的白天裡，他是德國公司的部門經理，他和她有著不同階層的生活。這樣的女子不屬於他的世界。但是他無法擺脫對她的記憶。她的花瓣一樣的嘴脣，她長髮輕瀉的樣子。對於男人來說，她是簡單原始的女孩，沒有任何背景，沒有名譽，帶給他空虛和快樂。

在喧雜的人群裡，他看到她在高臺上放縱的身影。這是她的工作。一到晚上，她就變成一隻妖冶強悍的獸。塗滿亮粉的眼睛對每一個男人散發著風情。她告訴過他，她十七歲就出來跑江湖，遠離家鄉，投身一個個物質浮華的大城市。她需要生存。

在對著他的時候，她的眼神是淡漠的。她是聰慧的女子，看得出他對她的沉迷，所以她不屑。也許她不會愛上任何一個男人。他在她眼中，太過普通。但是他們又在一起。他們不停地做愛。沒有任何言語，只是彼此折磨。皮膚上的汗水交融在一起，無法洗掉孤獨。

她說，你是不是愛上我了。她坐在地毯上抽菸，一邊似笑非笑地看著他。他說，妳行蹤不定，我只想能夠找到妳。她的手指撫摸他的頭髮。她說，我是不屬於你的，你也不屬於我。這一點你要很清楚。她輕輕抹掉他眼底的淚水。

三天後她離開上海，去了廣州。在機場她打了他的手機。她說，我是Dew。他正好在公司開會，他不知道可以對她說什麼。三十八層的大樓落地玻璃窗外是藍色天空和冬日陽光。這一刻他是正常生活裡的男人，因為理性而冷漠。他說，我知道了。

電話裡傳來她乾脆的掛斷聲音，沒有任何留戀。他想像她的樣子。臉上沒有任何化妝，慵懶的表情，和在夜色中截然不同。她是只在他的黑暗中出現的女孩。

終於傳來舊日女友在美國嫁人的消息。那一個晚上，他突然很想念Dew，想再次和她在一起，整個晚上，沒有盡頭。徹夜失眠中，他走到浴室，用刮鬍刀刀片割破手臂皮膚。他開了一瓶whisky，一邊喝一邊看著血順著手腕往下流。

他想撫摸到她的臉，而她會似笑非笑地淡漠地看著他。他終於感覺到有點醉了。看著手機，知道沒有她的號碼，他甚至不知道她是否真的在廣州。她是露水一樣的女孩。

他哭了。天色發白的時候，他潦草地包紮了一下，洗了冷水澡準備去上班。穿上西裝以後，除了臉色慘白之外，看不出傷口。德國老闆委婉地對他說，你需要好好調整一下，去看一下心理醫生吧，ＯＫ？他點點頭，收拾了東西，離開了公司。

第一次在白天的時候，他能有空去街區中心的大公園散步。春天陽光照在臉上，還有孩子的笑聲。生活似乎依舊美好。他坐在櫻花樹下面的草地上，脫掉皮鞋，看著來往的行人。他再次感覺到生命的空虛。不知道為什麼，他的感覺和身邊健康生活著的人不同。他是一條魚，被強迫扔在陽光充沛的海岸上。可是他需要幽暗寂靜的海底，一個人，如果還能有愛情。

手機裡面再次傳過來她帶著一點沙的甜美聲音。她說，她在上海，停留一天。他忽略時間的存在，只是感覺到天氣又變得寒冷，第二年的冬天到了。

她有些變了。是經歷太複雜的女子，眼底的淡漠和妖冶奇異地變幻著。他不明白她為什麼還想要見他一面。她說，她明天要去北京，為一個 Rave Party 工作。她在廣州跳了一年的舞。

這樣年輕的女孩。他看著她。她其實不需要任何東西。她鄙棄愛情。她只是喜歡用青春做賭注，和生命玩一個遊戲。可是這個遊戲是空虛的。快樂也好，痛苦也好。他們從沒有溝通過。彼此陌生的兩個人，始終冷漠，但是他們做愛。他困惑地感覺著黑暗中這深刻的撫慰。

他知道，黎明一到來，又只剩下空洞。

她看到了他手臂上的傷口。她嘲弄地笑他，你該早點結婚。她推開他的手。

他說，妳能留下來嗎？她說，不行。她拉開一角窗簾看了看外面。她說，下雪了。這是他們邂逅的第一次。他記得同樣的場景和對話。時光無止境地輪迴，生命在裡面飄零。他低聲地說，我愛妳。女孩冷冷地看著他，別對我說這個，我不相信愛情。

他不知道自己的慾望從何而來。突然撲上去，把刀扎向她的胸口。一下。一下。又一下。

鮮紅的血順著她心臟上的藍紫色蝴蝶往下流。他說，妳也有血的，所以妳會疼。他俯下臉親吻她的眼睛。我只是不想讓我一個人疼痛，這種感覺太寂寞。

呼吸

「1」

剛剛在網上認識林的時候，我對他說，我單身，獨自住在三十八層的一套公寓。沒有工作。林問我，那妳靠什麼謀生。我說，我總是不停地坐計程車，希望能在車上拾到別人遺失的黑色提包，裡面會有一包一包的鈔票。因為曾經有一次，我這樣撿到一筆錢。

林在那裡沉默了一會兒。他似乎半信半疑。終於他對我說，還是找個工作比較好。即使是每年能遇到一次，這樣的概率也很小。

我獨自對著電腦大笑起來。他居然相信我。已經是凌晨兩點了。房間裡很陰暗，只有顯示螢幕發出刺眼的亮光。我聽的是Suzanne Vega的歌。在歌手裡面，她顯然低調而過時，像一張發黃的皺巴巴的紙，被信手撕下。一貫的漫不經心的腔調，神經質的木吉他。

我問林，你胖不胖。林說，我很瘦。我說，這樣好，我喜歡瘦的男人，因為比較性感。

這樣說的時候，我一邊把音箱的音量調高，空蕩蕩的房間，寂靜像蔓延的湖水。而我是一條無法呼吸的魚。

凌晨五點的時候，我對林說，我要睡覺了。可愛的男孩，早安。我點擊滑鼠關閉電腦，然後從冰箱裡倒出一杯冰水，吞下安眠藥片。電腦螢幕已經停息，只有音箱發出斷線的噪音。在關掉所有開關的電源以後，我的心裡突然一片漆黑。事實上，除了上網我的確無事可幹。白天我有大部分的時間在睡覺。有時候我會恐懼自己在沉溺的睡眠裡面，突然變成一具橡膠。沒有思想，也沒有語言。

週末的時候，我去西區的 Blue。那個 Disco 酒吧已經開了很久，老闆是個香港人。喜歡去那裡，一部分是因為習慣。我是個懶惰的人，不喜歡新地方新朋友新事物。舊的感覺給我安全。還有一部分原因，是這裡特別混亂。雜亂的音樂，英俊的男人，也有大麻和搖頭丸。

Disco 是九點半開場，但我不跳舞。有一次，我跟一個繫黃色領帶的男人玩甩骰子。男人喝啤酒，我喝冰水。結果他輸了一千塊錢，惱羞成怒，跳起來罵我。

我笑著對著他說，你不想付錢也就算了，但請閉嘴。當他轉過身去的時候，我抓住他的領帶，把盛啤酒的玻璃瓶劈頭蓋臉地砸在他的後腦上。

憎恨別人輕視我，因為我已經身臨其中。

事情後來有羅幫我擺平，酒吧老闆就是他的朋友。

羅說，妳不要給我鬧事，我可以多給妳一點錢，妳平時逛逛街也好。

我光著腳坐在陽臺上。陽光照在我的臉上，讓我暈眩。

天是這樣藍。時間是這樣慢。只有兩件事情能夠讓我憂鬱，貧窮和寂寞。

如果我手裡有了錢，那就只剩下寂寞。

「2」

和林聊天常常會讓我大聲地笑。我已經知道他比我大一歲，西安人，目前職業是做軟體。

是那種讀書是好學生，工作是好夥伴的類型。他的淳樸讓我快樂。我的快樂是因為覺得他有時候顯得傻氣。比如我問他，是否做過愛。他就一本正經地回答我，除非是他深愛的女孩，否則他不會。

這個回答一點也不讓人感覺刺激。我就取笑他，你要好好保護自己的貞潔，免得後悔。

我想我在網上唯一一個聊天的朋友也就是林。我不喜歡新地方新朋友新事物。他寬容我的放縱和粗魯。他有時還會偶爾表示關心。聊天的時候，突然問我，妳餓了沒有。

我說沒有。

他就說，我現在在吃餅乾。我想像我們兩個邊吃餅乾邊聊天的樣子。

我說，那你的那份肯定不知不覺地就沒了。

他說，我會都給妳。

心裡突然就溫暖一下。是溼潤的溫暖。很輕地滲透在心臟的血液裡。清清的水滴。甜的滋味。

那個暑假，高三的男生帶我去Blue。我第一次到這個酒吧，天性裡對混亂的嗜好得到滿足。剛開場的時候，舞池裡還沒有人。我一個人進去瘋跳，嫌不過癮，脫掉襯衫，又爬到高高的音箱上面。沸騰的節奏讓我的神經在麻痺中得到釋放。後來人越來越多，口哨和尖叫混成一片，我終於全身疲軟。

妳。

坐在吧檯邊，呼吸還很急促。一個男人遞了一杯冰水給我，他說，我一直在看

冰冷的水從喉嚨一直滑落到胸口，像一隻手，突然緊緊地抓住了我的心臟。就在這個瞬間，我愛上冰水冷冽的刺激感。我看著陰暗光線中的男人，他大概快四十歲了。微笑的時候露出雪白的牙齒，像獸一樣。然後他的手指輕輕地碰觸到我的臉。他看著他指尖裡的透明汗珠，他說，妳很讓我動心。

那時我十七歲。我身上的衣服還是向同學借的。貧窮和寂寞已經折磨了我太久。我幾乎是沒有任何思索地，就把自己放在了羅的手心裡。

「3」

林說，看看這個喜歡妳的男人。

他把他的照片傳給我。是個瘦得清秀的男人，臉上有一種明亮的光澤。那種明亮，是因為他的淳樸。我看著他身上的白色襯衫。想起高中時班上的一個男生。

那時我在班裡無人理睬。因為我雖然成績很好，但喜歡和高年級的男生混在一起，抽菸，跳舞，喝酒，打架，什麼壞事都幹，而且家庭複雜。他是班長，他很喜歡我。我知道我和他不是同一個類型的人。我不想讓自己成為一張白紙上的黑色墨水。他後來要回到北方去考大學，臨行前在我家門口等了很久。我知道他在下面。但我不下去。

那個夜晚風很大。清晨的時候，我跑到他昨晚等過我的大梧桐樹下，滿地都是枯黃的落葉。

記得那種碎裂般的疼痛。沒有眼淚。沒有聲音。只有疼痛。

我是突然地想去見林。就在那個羅來見我的夜晚。

羅說，他明天要去香港開會。帶著他的老婆兒子，大概要半個月。我說，好啊，一家人快樂遊香港。深夜的時候，我撫摸羅鬆弛的皮膚，中年男人的身體有一股腐朽的氣息。我想這個男人其實和我一點關係也沒有。我不愛他，一點都不愛他。他不在我的靈魂裡面。

我起來打開電腦，把Suzanne的CD放進去。她的聲音慵懶而厭倦。ICQ的小綠花盛開。我看到林的留言。他說，我知道這種感覺不符合我謹慎的個性，但是我的確想念妳。在妳消失的七十多個小時裡面，覺得自己面目全非。

我把頭仰在椅子背上，聽見自己的笑聲在房間裡迴蕩。

飛機票是我在路過民航售票處的時候，順手買下的。距離起飛還有六個小時。什麼也沒帶，雙手空空地去了機場。

我特意去洗手間照了照鏡子。我的面具還是甜美純淨。沒有人知道我的心，是這樣的殘缺不全。

林不知道我十七歲就和別人同居。不知道我混在酒吧裡狂喝爛醉。不知道我賭錢吸毒抽菸打架。他最多知道我喜歡喝一杯冰水才能睡覺，並且渴望每年能有一次在計程車上得到不義之財。

在飛機上面，我睡著了。我又作夢。熟悉的那個舊夢。在起風的深夜裡，看到樹下那個男孩的白襯衫。我躲在窗後看他。我很想下去看他，可是我控制著自己。十六歲的時候，我就知道有些付出不會有結局，有些人註定不屬於自己。那種溫柔的惆悵的心情，那種疼痛。

到咸陽機場的時候，天氣突變。下起大雨，並且寒冷。找到他的住所時，我已經全身溼透。我在樓下叫他的名字。他探出頭看的時候，我才發現自己是真正地快樂起來。

第一個晚上我們做愛了。我想和他做。我不知道自己為什麼想。林的身體陌生而溫暖，是年輕的男人的身體，健康而有活力。真好。我糾纏著他，希望他再來再來，無法停息。

我對他說，你現在已經無法後悔了，你的貞潔已被我破壞。

林說，那妳就要對我負責，不要拋棄我。他微笑著看我。他說，見到妳，我覺得妳只是個小女孩，需要照顧的，甜美的。

早上醒來，他去上班，我在家裡給他洗衣服，做飯。然後在陽臺上給花澆澆水，或者坐在那裡看他的雜誌。晚上他回來，一起吃飯，然後去散步。很平靜的生活。

週休的時候，我們去了華山。站在陽光燦爛的山頂，我看著蒼茫山崖，突然想掉淚。原來我的生命一直是在陰暗中畸形盛開的花朵。世間有這麼美好的風景，我卻淪落在城市夜色裡。

長空棧道是華山最驚險的一個景點。簡陋的小木板拼成萬丈懸崖外面的一條窄窄棧道。若一不小心掉下去，屍骨無尋。這可是比高空彈跳之類的玩意兒刺激多了。沒有任何防護，只有一條命在上面和死亡遊戲。很多人在旁邊看熱鬧。林也在旁邊說，留條命回家吧，這種地方太危險。可是我喜歡混亂刺激的劣根性又開始發作。我說，我要去。

林試圖勸阻我。我說，走走就好。肯定沒事。我拉住鐵鍊條準備下去。林看著我，他的表情開始變得嚴肅。那就一起走。他說。然後又跟上幾個人。是一小隊的人。

那種貼在懸崖上的感覺無法言喻。強勁的烈風在山崖之間迴旋。天空，死亡，心跳，融合在一起，整個人完全喪失了分量。原來，原來，生命可以是這樣脆弱的東西。任何一個小小的瞬間就會有喪失的可能。

走過棧道，是一個小小的懸崖的落腳點。那裡有一尊小小的刻在岩石上的佛像，到達的人可以簽名和寫下心裡的願望。我向來是沒有願望的人。我問林，你要不要去簽一個。

林說，妳知道剛才我想的是什麼。他看著我，說，我突然明白死亡也無法驅除我對妳的深愛。

「4」

七天以後，我回南方。天下著夜雨。計程車一開上熟悉的街道，我的心就開始壓抑。車窗玻璃上的雨水一行行地滑落。對那個三十八層上面的房間，我感覺恐懼。一打開門，電話就響了。再次聽到林清朗的聲音，有恍然若夢的模糊。林說，我想我一定要請求妳，請求妳來西安生活，做我的妻子。

這個聲音是和山頂的燦爛陽光聯結在一起的。有溫暖安定的家庭生活，有深愛自己的年輕的男人。我絲毫不懷疑他的真心，他是這個世紀末最誠懇的一個男人，現在就在我生命裡。

我一直以為自己的生活裡已經沒有任何機會。

我說，可以嗎？

他說，可以。妳過來找份工作，我們在一起。平靜快樂地生活。

我渾身發冷，雨水順著髮絲一滴一滴地打在臉上。我聽到林對我求婚。

再次回到寂寞的暗無天日的生活，簡直難以忍受。可是我控制著自己。我強迫自己去想一些現實的問題。比如林是做軟體的，他也許永遠都發不了財，而我已經習慣在無聊的下午去逛街，胡亂花錢。林不會想到我的生活是這樣毫無節制。我從十七歲開始過羅提供給我的生活。

我的脾氣開始暴躁起來。因為對自己的未來無法把握和預感。在深夜的電話裡，對林語無倫次。我說，我也許根本就找不到工作。我一直沒有出去做過事情。我什麼也不會做。我也不知道如何與人相處。我已經是個廢物。

林鼓勵我，但是妳是個聰明剔透的女孩，妳要相信自己。

我說，我不瞭解你。我不相信男人。如果你以後對我不好，我是不是要一無所有地回來？

林在那端輕輕地嘆息，不要在傷害妳自己的同時再傷害別人了。好不好。

好不好。好不好。好不好。

羅回來的時候，我拒絕他碰我的身體。這麼多年了。這是第一次。

羅似乎有所意識，他說，妳有什麼決定嗎？

我說，我要走了。我不想再在這個城市裡面。不想再和你在一起。

羅輕輕地笑，要遠走高飛，開始新生活了嗎？他的眼睛微微地瞇起來，這使他的眼神突然顯得凶惡。他說，為什麼妳長大以後卻會變得愚蠢。

我感覺自己的骨頭發出咯咯的聲音。我憎恨別人輕視我，因為我已經身臨其中。

我冷漠地看著他，我說，我什麼東西也不帶走。我只要離開。

羅一把握住我的手臂，他說，把妳從十七歲開始花掉的錢都還給我，他因為氣憤而無措。

我狠狠地推開了他。我說，那你就先把我從十七歲開始被你占有的時光還給我。

「5」

雨下得好大。我跑過寬闊的大街，不顧紅綠燈，飛快地奔跑。汽車的煞車聲和憤怒的咒罵聲交織成一片。但是我已經什麼都聽不到，什麼也看不到。我只想給千里之外的林打電話。

我要告訴他，我可以為他放棄所有，我可以自由，我可以去西安，我可以嫁給他。我感覺自己的心臟和血液激烈地跳動，充滿了活力和激情。

一直跑到西區附近，才找到一個公用電話亭。我把卡塞進去，手因為冰冷而僵硬。電話是長音，但沒有人接。我聽鈴聲響了很久，終於斷掉。我想林為什麼還沒回家呢，現在已經晚上九點了。也許他在加班。林對我說過，他又找了一份兼職。他想為我的到來多賺一點錢。

我靠在玻璃上等待。整個城市被淹沒在蒼茫的大雨裡面。好像一只空洞的容器，漂浮在海面上。我的裙子冰涼地貼在身上，只要風一吹過，就凍得渾身發抖。

可是一切都會好的，我想。

也許明天我就可以出現在西安。那個古老的城市。高大的鐘樓在暮色中總是有一群夜鳥飛旋。碑林附近的石板小街彌散著書墨清香。林牽著我的手在那裡散步。這是我要的生活。簡單樸素，卻溫暖。

林輕輕地俯過來，親吻我的臉，在每一個他愛著我的時刻。

我是一個多麼害怕寂寞的人，我曾經多麼寂寞。

然後有三個男人靠近了我。我看不清楚他們的臉。只看到站在最前面的那個繫著一條刺眼的黃色領帶。他說，妳終於出現了。他渾濁的酒氣噴在我的臉上。在我還來不及回憶起他的身分的時候，一把冰冷的鋒利的硬器扎入我柔軟的腹部。

身體裡突然就被一種溫暖的激流所充溢，異常舒適。我抬起手推開他緊貼著我的身體，看到他的黃色領帶上面塗滿猩紅的液體。男人一哄而散。所有的瞬間只不過短短三分鐘。

我把手捂在傷口上，那裡不斷有溫暖稠膩的血液噴湧出來。我的卡還塞在電話機裡面。

我想我應該可以繼續撥號給林。可是我的身體卻順著玻璃慢慢地滑下去滑下去。那種逐漸喪失分量的感覺，就好像我在懸崖的烈風中行走一樣。

林問我，妳知道剛才我想的是什麼。

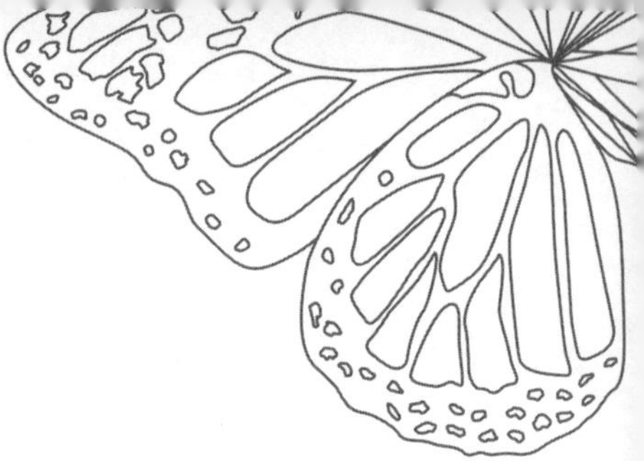

空城

清晨七點，火車緩緩進入異鄉的月臺。這是終點站。人群擁擠地流向出口。她把自己的行李慢慢地拖出來。下車之前，掏出鏡子，在嘴唇上抹了一層單薄的玫瑰油。看到自己眼睛中的疲憊。

整個夜晚，在臥鋪上不斷地醒過來。每一次停靠在不知地名的月臺。她睜開眼睛就會看到玻璃窗外白色燈光。一共是十六個小時的旅程。臥鋪的票價和一張機票其實已經沒有什麼區別。但是這是一個沒有目的的旅行。雖然她要經過三個城市。她需要的，僅僅是這段旅程的本身，在路上的感覺。

半夜，火車停留在鎮江。人聲鼎沸。車廂裡一片漆黑，聽到隱約的鼾聲。她突然看到他的臉。她的心裡已很久沒有任何關於他的線索，那裡已經是空茫的雪後原野。但是看到他的臉，帶著熟悉的氣息，俯向她。她抬起手想撫摸他的眼睛。手凝固成孤獨的姿勢。

發現自己是清醒的，並且渾身是汗。黏溼汗水把頭髮貼在了脖子上。

這是他的城市，她從沒有去過這個小城。曾經這裡有他的愛情。她回想著他臉上她熟悉的那種神情。突然發現，原來自己從不曾遺忘。原來他只是縮小成了心上一條短短的紋路，只是無法回復平整。

鈴聲之後，火車又搖晃著駛向遠方田野。她散著頭髮從中鋪爬下來，沿著窄窄走道，走到盡頭的盥洗室。她用冷水把毛巾淋溼，然後蓋在臉上。鏡中的臉像一朵半謝的花。

煙花三月下揚州，心裡浮起古老的詩句。她一直記得這一句，好像是一次告別。她不知道自己去向何處。票根上的城市名稱，是一種安慰。

葉說，來我這裡，讓我看看妳。她去買票的時候，颳很大的冷風。整個城市陰冷荒涼。她走在大風中，像一隻無法收起翅膀的鳥。突然覺得累了。

行李包中只帶了幾件棉布襯衫和一本莒哈絲的傳記。無法確定自己去遠方的意圖。是尋求一次讓自己心安理得的逃避嗎？因為她對葉的無所祈求，還是因為葉在電話那端輕聲地說，妳是需要照顧的孩子。

閱讀是唯一的陪伴。再次迷糊地睡過去的時候，她的手指搭在冰涼的書頁上。

隨著人群走過地道，看到出口處的陽光，她的眼睛有微微的暈眩。

葉站在陽光下，笑著凝視著她。他們一眼就把彼此相認出來。她把車票遞給驗票員，她看到他身上背的黑色帆布包。在上海寫程式的時候，上班時，他都會背著這個包，因為裡面要放工具書和筆。

第一次見面是在上海。那個夜晚下起涼涼的雨絲。他慢條斯理地從包裡拿出一把折疊傘給她看，但是後來他們沒有用那把傘。他們在雨中走過整條聖誕氣氛中的淮海路，她記住了他的認真。是唯一一次見面。已經一年了。

葉把她肩上的包卸過去。他說，妳瘦了。他微笑著，他自己卻有些發胖。

在上海工作的時候，他過著忙碌的生活。回到自己的家鄉，卻開始調整得悠閒舒適。他沒有正式上班，偶爾給企業寫寫程式。晚上去夜校讀書。他說，日子過得比在上海的時候舒服。他不喜歡那個城市。

他們上了計程車。車子沿著陌生城市的寬闊街道向前飛駛。他對她說，這條環城路很漂亮。路的兩旁是濃密樹林。她輕輕側過臉看陽光下的綠葉。他說，妳累嗎？他遲疑地看著她的臉。這一年我不知道妳是否過得好，妳一直不肯再和我聯絡，他說，但是我們是很好的朋友。

出行的前一夜。遠方的朋友曾打來電話。深夜的時候。他問她，妳為什麼決定要出去一星期，也許只會讓妳自己更糟糕。她說，恐懼自己會在寂靜中腐爛。一點一點地，從根部開始。要晒晒太陽了。

那妳為什麼不過來看我呢。他在電話那端說。

不能過來看你，是因為你對我有好奇。但是我需要的，卻是安慰。

她微笑。她知道他懂得她的意思。她不想見到任何對她抱有好奇和期望的人。這種感覺太疲倦。

葉不一樣。他是朋友。在上海音樂學院門口，他背著他的黑色帆布包，站在梧桐樹下的樣子，不曾讓她的心感覺任何起伏。這種平靜的感覺，使她感覺安全。她說，有時候我需要的只是這些簡單的東西。他說，我知道。她有很多時間，她可以走得更遠。但是，她可以選擇的平靜安全，卻並不多。

牆上還掛著葉買給她的聖誕禮物，是在淮海路上的一個精緻的小店鋪裡面。她撫摸著天使木偶的潔白翅膀，他說，妳喜歡嗎？他執意買了給她。她把它掛在牆上，很長的時間。她沒有給他任何消息，她不確定自己再次出現是否會帶給他傷害。

但是她知道他會原諒她。因為原諒，所以才有肆意的自私。

車子停在他的公寓樓前面。安靜的住宅區。他自己住，兩室一廳。不是特別大的房間，但是有乾淨的廚房和廁所。客廳裡放著舊的冰箱，有一臺很老的電腦，兩個房間各放了一張單人床。他說，妳隨便挑一張。床上鋪了散發著陽光氣息的藍白格子的床單。

她也自己住。但不是他房間裡那種簡單洗練的氣氛。她的大臥室裡總是有堆得高高的雜亂的書籍和ＣＤ，一面牆掛滿她黑白舊照片的木框子相架，放在窗臺上的小盆綠色植物，還有絨布狗熊和各種木偶。當然也有電腦。那個房間唯一缺少的是人。

她說，自己住有沒有感覺寂寞。

他說，挺好的。看看書，上上網。如果妳能多住幾天就好。

明天她就得離開這裡去南京。她有兩天一夜的時間停留在這裡。她脫掉鞋子，在客廳裡轉了一下。她喜歡上這個房間。有個平靜而認真的男人。有一段空白的生活。

他們去逛街。這並不是一個商業氣氛濃郁的城市。走在大街陽光下的人群，有著懶散的表情。比起上海的喧囂塵煙，這樣的生活是平淡悠閒的。他說，我不清楚妳為什麼會喜歡上海，上海的水和空氣都不好。她說，我只是對它有情結。雖然不知道是為什麼。

在地鐵月臺，總是有行色匆匆表情冷漠的人群。他們披著一襲孤獨的透明外衣，像穿行在深遠海面下的魚，各行其是，脆弱無常。她喜歡看著陌生人，想像和猜測他們的思想。而平淡無奇的城市，是一面平靜的湖水，輕輕淹沒企求。

走過最繁華的大街，他們去豆漿店喝豆漿。閒散地聊天。有時候只是安靜地看著街邊的陽光和人群。聊起一些朋友，大部分都有了變動。深圳，北京，西安。生命像鳥一樣遷徙。他說，他肯定也是要再次出去。生活總是在別處。

他們是在聊天室認識的。每一個上網的人都會有一段特別的聊天室經歷，在上網的初級階段。她幾乎不再回想那段日子，在聊天室引起的紛擾喧囂。最後她讓自己像一顆水珠一樣地蒸發消失。

他說，還記得我們在聊天室剛剛碰到的時候嗎，聊了一個通宵。還有那個北京的阿吉。

是，她笑。

後來妳再也不來了。

和聊天室所有的人斷了聯絡，因為想消失掉。

為什麼。

不知道，因為厭倦吧，厭倦虛幻。她微笑著看他，唯一的收穫是有了一個朋友。

他固執地說，可是曾經妳也和我斷絕過聯絡。

她說，我們都是自由的。

她說，最起碼現在我還會千里迢迢來看你。因為你是我在遠方的朋友。我並不是一個能和別人輕易做朋友的人。

在城隍廟裡，她好奇地看著電烤的羊肉串。他說，吃過嗎？她搖頭。她喜歡素食，平時幾乎從不吃這一類的食物。她突然像個孩子一樣地快樂起來，摸出硬幣，我們來一串吧。

烤得很燙的肉串，上面撒滿了辣椒桂皮粉末。他們站在一邊，和身邊的一大堆人擠在一起，吃完了串在鐵絲上的肉。這種熱鬧的日常生活似乎離她很遙遠。她一直過著寂靜的日子，像她的手背上的一小塊皮膚，純白而素淨。

她想起一個人，一直接連不斷地寫批評的信給她。他寫很長很長的文字，訴說他對她的不滿。她突然覺得他付出的精力其實很多。他收集她所有的文字，研究小小的細節。平時她幾乎很少回信，但是她寫了幾句話給他。她說，謝謝你寫了這麼多的字給我。希望你是快樂的。如果她有相同的精力和時間必須付出，她寧願選擇去喜歡一個人，這樣自己的心也會好過一些。很多時候，無話可說。

可是這一刻，她感覺到隱約的快樂。葉總是給她一大片自由平靜的時光。想說就說，想歇就歇。他不是那種自我中心又張揚的男人。

他說，妳最喜歡做的事情是什麼。她歪著頭想了一下，說，看恐怖片。和我一樣，他笑，那我們去買片子來看。在一大堆盜版VCD裡面，他們挑了三張美國片子。

晚上她提議在家裡做飯，她不喜歡在外面吃飯。他說，妳會太累。她說，不會，再叫幾個朋友來。吃完飯我們打牌。

他們去了菜市場。她已經訂好食譜。買了捲心菜，魚，番茄，豆腐，磨菇，蘿蔔和豆子。手裡提了一大堆東西，出來的時候，她又買了甘薯和糯米團子。她說，打牌以後我們可以再做水果甜羹當消夜吃。

天色已黃昏。她繫上圍裙，兩個人在廚房裡忙碌，他負責洗和切。透過窗戶，看到對面樓上的明亮燈火。溫馨的夜色裡傳來話語和飯菜香。她把火開得很大，一邊做菜一邊兩個人有一搭沒一搭地說話。典型的內地南方男人，都有會做家務的美德。他也不例外。

她對他的感情是這樣平靜，所以能夠為他做一個溫柔凡俗的女孩。無數次，她渴望自己能夠放棄寫字和漂泊，為一個男人停留下來，做這些瑣碎平淡的事情。可是如果真的有能夠相愛的人。

他微微有些疼痛地看著她，妳應該過正常的生活，不應該寂寞，不應該漂泊。

她看著沖在碗上的清水。也許，長期寂寞而漂泊的生活，真的讓她恐懼了。

為什麼會覺得自己無處可逃呢。葉笑著看她，他們問我妳會不會嫁給我，我說我希望會。他說，妳可以考慮一下這個問題嗎？她說，碗放在哪裡呢？她轉移開話題。

終於都打掃乾淨了。她裝了個熱水袋。冬天的寒冷總是讓她無法抵擋，那是一種從身體裡面湧動出來的寒冷，血液會流得很慢很慢。因為沒有帶常用的洗面乳出來，她在超市買了一塊嬌生嬰兒香皂。還買了一包玫瑰茶，一小朵一小朵晒乾的玫瑰花蕾，用熱水泡軟以後有濃郁的清香。

他在房間裡打開電腦上網。他說，妳來收信嗎？她說，算了。她不想碰電腦。有時候她會厭惡這個輻射強烈的機器，讓她臉色蒼白。

她說，晚安。

晚安。他看著她。好好睡一覺。

她走到旁邊的房間。小小的乾淨的房間。關窗子看到異鄉深夜的天空，一輪銀白的月亮。風是清涼的。她擰開床頭的檯燈，把玫瑰茶放在旁邊。關上房門，但沒有上鎖。她信任他。雖然這是他的城市，他的房間，他的床。

葉的房間裡沒有任何聲音，也許他也已經躺下了。他問她，妳可以考慮一下這個問題嗎？他是認真淳樸的男人。第一次見面，她就感覺到裡面的清楚界線。他讓她的心平靜如水。

她喜歡的男人，是地鐵裡陌生的英俊男人。冷漠的，遙遠的，隱含了所有的想像和激情。始終無法靠近。無法對談。無法擁抱。就是如此。

妳能夠選擇平淡的婚姻嗎？她問自己。如果能夠，就不會走得這麼遠。

葉是過著明亮正常的生活的男人。可是她的日子陰鬱和混亂了很久。她不會帶給他幸福，同樣，他也無法給她激情。所以這個問題就無需考慮。她把自己的身體蜷縮起來。

早上她醒得很早。她洗了頭髮，房間裡瀰漫著洗髮精的清香。這一覺睡得安穩和平靜，甚至擺脫了夢魘。在廚房裡，她穿著襯衫，開始煮粥和熱牛奶。兩個人的生活，最起碼會想到要為另一個人做點事情。而一個人的生活，因為自由，對自己也開始漫不經心。通常，她獨自的時候，她會睡得很晚，然後隨便找點東西吃，打發了事。生活毫無規律。

葉也起來了。他說，我們應該聊聊天。

她說，好。她微笑地看著他一本正經的臉。

我覺得妳應該認真考慮一下生活的問題。是否出去工作，或者嫁給我。

我正在考慮，她有點煩躁。她不喜歡他又提起這個問題，因為她覺得自己的自私也有責任。她早就預料到，自己的出現，會帶給他某種困惑和傷害。也許她需要的只是一個朋友，沒有任何威脅感和激情的危機，沒有好奇和期待，只是彼此平靜安全的相處。一起做飯，逛街，聊天。雖然他是個男人。

她說，吃早餐吧，她有些歉疚地看著他。她總是有殺傷力，對自己，對別人。可是葉陪著她。在這個城市裡，她感覺是快樂的。生活正常和明亮，她唯一並且始終疑惑的，是幸福的涵義。

豌豆，我感覺妳過得不好。他說。他始終叫著她以前在聊天室的名字。青梅竹馬的溫情感覺。過得不好也一樣在過下去，她淡淡地看著窗外的陽光。不要為我擔心，我一直都脆弱而頑強。

下午她準備坐高速公路的公車去南京。葉說，我知道我留不住妳。反正總是要走的，她說，雖然我也很想在你的房子裡住下來。我很喜歡它。等妳老了，累了。他笑。

她也笑。無法實現的話語總是很美麗。可是她希望他能夠幸福生活。她把行李收拾好。因為長期在外面的旅行，她對居無定所的生活已經習慣，她把那包玫瑰花蕾帶走，她喜歡它。像還沒來得及生長就被掐斷的愛情，凝固了最深處的芳香。

天下起細細的雨。她笑，為什麼我要走了，天開始下雨。他說，因為妳的無法挽留。

他把摩托車開得速度接近飆車。凜冽的冷風夾帶著雨點打在她的臉上，她有無法呼吸的窒息感。可是狂野的無法控制的速度讓她快樂。這種類似於慾望的感覺，也許才是能讓人心血沸騰的東西。一切只是過於短暫。她仰起頭看著灰白的天空，天空在疾駛的速度中，似乎是傾斜的。

她買了一份厚厚的《南方週末》和一瓶礦泉水，她知道如何打發車上的兩個小時。

葉看著她。他說，南京有人接妳嗎？她說，有。她還沒有給楓打過電話。他是她最好的朋友。她打算到了以後再打電話給他。如果去南京工作也很好。那裡不像上海北京競爭激烈，但又很大氣。比較適合妳。

葉說，而且妳去南京，我可以常來看妳。或者妳先在那裡待著，以後我們可以再去深圳或者別的什麼地方。

她微笑，她對自己的生活從沒有任何安排，只是走到哪裡算哪裡。她已經過了很久空閒日子。想有份工作，只是想讓自己忙碌得失去思想。沒有思想的生活，是否會好過一些。有些疲倦了。做菜其實比上網，更容易讓她快樂。

她走上車子。旁邊的座位是個年輕的男人。他讓了一下，讓她坐進去。她靠在窗上，對葉擺了擺手，回去吧，雨下大了。一些冰涼的雨點打在她的臉上。車子開動的時候，葉的臉一晃而過。

她看到黃昏暮色迅速地包圍過來。車子開過市區的街道。到處是下班的車流和人群。告別了，那些溫暖的晚餐，喝酒，牌局和聊天。告別了，生活正常的一刻。她的確很喜歡他的房間。可是比這份喜歡更明確的是，她知道自己無法停留。把頭靠在玻璃窗上，她閉上了眼睛。

車子開始在高速公路上疾駛。夜色降臨，車子裡很熱鬧，有人大聲地聊天。旁邊的男人問她，妳在南京哪裡下車。她說，漢中門。他說，我也是在漢中門。但是這車子的終點站好像是在中央門。

沒關係，走哪兒算哪兒。到時坐公車進去就行。

她感覺到身體深處的疲倦。突然不想吃東西，也不想說話。只能在黑暗中聽著自己的呼吸。但是心裡有隱約的回家的感覺。南京，好像是有前世的鄉愁在那裡。她曾對楓說，她懷疑自己前世也許是在秦淮河的夜船上唱歌的女子。她喜歡這個古老的城市難以言喻。那種被歲月沉澱後的氣息。

車子開到長江大橋，堵了近一個小時。卡車客車混亂擁擠，夜色中的大橋燈火通明。

她看看時間，已經快八點了。楓也許以為她今天不會過去了，幸好她沒有讓他來接。她看著大橋，心裡溫柔而酸楚。過了這個橋，就到家了。

那些在二十七層的大廈上做廣告的日子。她常常趴在窗臺上看著樓下的景色，差不多整個南京城區都在眼底，摩天大樓和灰暗的舊房混雜在一起。她手裡端著水杯，聽著周圍的普通話。有短短的一段時間，她以為自己可以安定下來，在這個節奏緩慢慵懶的城市，過平淡的生活。可是想要的生活非常簡單，追尋它的道路卻始終迂迴反覆。

到了火車站的時候，已經很晚。男人和她一起坐上開往市中心的公車。他們開始聊天。他看過去很乾淨整齊。在南京有他的辦事處。她在珠江路準備下車，可他堅持她和他一起在新街口下。在旅途上，常常會碰到一些有意思的人。她笑笑，沒有再堅持。

對妳去過的城市有什麼感想嗎，他問。有些城市感覺很沉悶，她說。

那也許是因為妳碰到了一些沉悶的人，他說。

他們同時笑了起來，她記住了他這句話。她覺得他是個聰明的人。

為什麼想來南京，是因為這裡有妳愛的人嗎？

不，因為這是我喜歡的城市，而且有我朋友在。理由很簡單。

嗯。妳看過去是天生適合做廣告的人，他誠懇地說。

為什麼，她笑。

因為妳的眼神很自由。

車子在熱鬧的新街口停下來。她說，我要走過去。他的方向和她不一樣。他說，我能留個電話給妳嗎？好。他們站在人群裡。男人拿出鋼筆，寫了電話給她。她把紙條收起來放進口袋裡。她知道自己也許不會打這個電話。但是她很喜歡和他這一段輕鬆的交談。畢竟她走過的地方太多。知道路過的人，只不過是路過的風。

他們揮手道別。她看到他隱入人群，無聲地消失。她想她也許可以走著到楓的家裡。但是人群讓她無所適從。街道寬闊，走過幾個路口，也是費勁的事情。她背著自己的包，擠到一個賣VCD的店鋪裡打公用電話。是楓接的電話。

妳到了嗎，他說，妳在哪裡，我過來接妳。我不知道自己在哪裡，她看看周圍。到處是人群和車流，她看不到路牌。突然之間，她發現自己似乎迷路了。孤獨的感覺讓她無法言語。

妳在新百門口等我，我馬上過來。楓果斷地掛了電話。

她在那裡站了一會兒。有《大河戀》嗎，她問賣VCD的老闆，是布萊德·彼特演的。好像沒有。那個胖胖的男人說。她朝新百的方向走。新百的門口有很空曠的廣場，燈光直射。很多人聚集在那裡。她實在太累，幾乎無法再多走一步。於是在旁邊的臺階上坐了下來。身邊還有一些人，和她一樣的神情淡漠。

她發現自己再次融入了這個城市的夜色。

艾蜜莉給島上的看守寫了一封信。她說，在自己面前，應該一直留有一個地方。

獨自留在那裡。然後去愛。不知道是什麼，不知道是誰，不知道如何去愛，也不知道可以愛多久。只是等待一次愛情，也許永遠都沒有人。可是，這種等待，就是愛情本身。

她不清楚自己的腦子裡為什麼會浮起這些書籍裡的片段。她把頭髮散開來，聞著它散發出來的清香。感覺很餓。在人群中張望，也許很快就會有一個男人出現，他會把她帶回家裡，給她熱水和食物。她是流浪途中的一隻動物，沒有任何目的。經過的每一個城市，對她來說，都是空的。

她把臉藏在自己的手心裡。然後哭了。

傷口

第一次見到羅，是因為公司要為他們代理的產品做廣告。具體文案是我負責。我想要些更多的資料，就跑到他的公司。在和部門經理交涉的時候，他剛好經過。他說，妳是安藍，我看過妳寫的廣告，寫得不錯。

他的普通話有濃厚的北方口音。看人的時候，眼光肆無忌憚。也許處於權威地位的男人都會這樣地看人。我對著他的目光。在短短的幾秒鐘裡，我想我的眼神一樣頑固，然後他沉默地走開。

我喜歡英俊的男人。一直是可以稱之為好色的女子。一個男人能引起我的興趣，只有兩個可能。或者他很聰明，或者他很漂亮。羅的身材已經開始有些發胖，但是整個臉部依然有銳利的輪廓。在年輕的時候，他應該是非常英俊的男人。

我抱著資料在電梯裡，回想他的手。在從三十六樓到地面的短短時間裡，我想著如果這樣修長的手指撫摸在皮膚上，不知道會有什麼樣的感覺。然後我對著電梯的鏡子，輕輕地笑了。

喬曾問我，安，為什麼妳的臉上會有莫名的微笑。那年我們十六歲，在一個重點中學讀高一。一次學校舉行大合唱比賽，我們反覆地排練幾首歌曲。很熱的夏天中午。在空蕩蕩的大禮堂裡面。歌聲顯得賣力而疲倦，大家都很渴望午睡。然後我突然無法克制地微笑起來，並且笑意越來越深，終於發出冒失的聲音。

老師提醒了我幾遍。可是每一次重新開始的時候，我又笑。排練幾乎無法完成。老師惱怒地說，安藍，請妳下來。妳什麼態度。這是一首需要凝肅悲壯氣氛的歌曲。妳居然當是玩。

最終我被取消了參加這項活動的資格。

比賽那天，大禮堂裡坐滿人，一個班級上去演唱時，一整片地方就只剩下凳子。陽光透過大禮堂的窗戶照射進來，使我獨自在一大片空凳子中顯得特別刺眼。有另外班級的學生朝我看。愛看不看，我轉過臉去，覺得自己是一塊冰涼的玻璃，反射著一縷縷好奇的眼光。

喬問我，那時到底為什麼笑。其實我只不過突然開始想像，同學們站著睡覺的樣子。

我不覺得想像有什麼不對，這只是一個能使我快樂的寂寞小祕密。我在那個重點中學裡的形象，也許就是從坐在空凳子中間被注視開始。

從小我就是不會討好的女孩。母親離婚以後，脾氣變得暴躁。我們無法給彼此安慰。我常常挨打。她用手，用拖把，用衣架，武器非常的多。我不喜歡她對我說話的方式。比如她說，妳說妳錯了，我就不打妳。我給她的回答只有沉默。有時她又說，妳只要哭出聲來，我就不打妳。可是我從不掉淚。

這樣的糾纏常常要等到鄰居來勸才停止。林的媽媽把我領到她的家裡，我一邊吃她給我的蘋果，一邊冷漠地聽著母親的哭泣和咒罵。我不知道如何可以讓母親快樂，也許這不是我的錯。

我皮膚的恢復能力特別好。不用依靠任何藥品，幾天以後任何傷口都會癒合。有時候我撫摸肌膚，會聽到它發出聲音。只有一次。上體育課的時候，我的腿被打得腫脹，跑了幾步就無法克制，我強忍著退到操場邊上，不想讓老師感覺到我的異常。因為不想讓他看我的傷口。傷口是醜陋而羞恥的。只能隱藏。

每個週六下午放學，林來校門口等我。他騎著他破舊的自行車，從市區一直騎到我在郊外的學校。他等在校門口的形象讓進出的女生們矚目。長長的腿抵著地，抽著菸。喬搞不清楚我為什麼會和一個職業高中畢業的男生戀愛。當然，他很英俊。喬微笑地對我說。妳的選擇非常本能。

她喜歡取笑我，我早已習慣。就像和林之間的感情。那時他已經工作，在一個偏僻的港口邊上開了一個加油站，為來往的漁船加油。空閒的時候喝酒打牌，唱唱卡拉OK，生活已經把他定型。他無法再往高處去。可是我習慣和他在一起，習慣他輕而易舉地就把我抱起來往上拋、看著我尖叫；習慣他走路的時候，把他大大的溫暖的手放在我的脖子後背上，像拿一隻小貓的樣子。

我無法告訴喬更多。當我在林的家裡，等著他的媽媽給我拿來蘋果的時候，他把他所有的漫畫書都堆到我的身邊，雖然他不和我說話。

晚自習，喬偷偷地拿出高年級男生寫給她的信給我看。喬在愛情的水流邊矜持而快樂地撩起裙子，想試一試水溫。而我，我是一個被沉溺的人。甚至我無法選擇。

因為那個廣告，我去羅的公司跑了好幾趟。最後定稿下來，是下班的時候。他們要出去聚餐，慶祝一個副總經理的生日。羅說，妳也一起去。我拒絕了。

我們等電梯，羅站在我的身邊，但沒有再對我說話。電梯裡面很多人，大家放鬆地開著玩笑。我貼在電梯壁上，羅還是在我身邊。是在三十二樓的時候，他突然牽住我的手。溫暖的手指，輕輕地把我的手蜷起來，放在他的手心裡。我沒有看他，我讓他握著。在別人眼裡，也許我和他互不相關，但是我們的手指卻交纏在一起，曖昧而纏綿。他似乎在沉默中認真地體味我手指的柔軟，他輕輕地撫摸著它。

電梯不停地開門關門。到一樓的時候，擁擠的人群開始疏散。羅在那時放開了我，他甚至沒有對我說再見。

手指上有黏溼的汗水，我把手放在裙子上慢慢地擦乾。他和我有著同樣的方式，直接，並且不動聲色。

喬曾對我說，安，妳像某種殺人植物。外表看起來不會帶給人任何威脅感。但是妳會在別人接近妳的時候，突然噴射出毒液。妳讓人措手不及。

有嗎？我心裡想。我不知道。在人群中我是低調的人。神情冷淡，漫不經心。畢業後我留在這個陌生的城市。我維持自己的生活，我還沒有固定的情人，因為碰到的英俊或者聰明的男人實在太少。有時也會在路上偶然邂逅，和我想像中一樣的男人，平頭，穿燈芯絨襯衫和絨面的綁帶皮鞋。我想我是否能夠走上去對他說，你好，今天是否過得好。然後和他聊天，吃飯，散步，直到做愛。

在我想像的瞬間，他已消失不見。雖然那一刻，我和他之間的距離只剩下五公分。

幸好我有工作。在高層大廈的落地玻璃窗前，看下面的大街和大街上的行人。一邊喝咖啡一邊寫文案。這樣度過八個小時。晚上洗個澡，看一本可以催眠的書。又是一天。

當然現在剛剛出現的，還有羅的約會。他常常在黃昏的時候，打電話到我的公司，約我吃飯。

他帶我去很貴的地方。星級酒店的餐廳，有特色的菜館，去得最多的地方是日本料理店。清淡的食物，精美的瓷器，溫暖的燈光，我喜歡這些東西，是羅帶給我這些。窗外夜色瀰漫的時候，裡面的客人總是很多。我曾經仔細看過那些碗盤，上面很多是優雅而流暢的花朵圖案，花都是開到極致的，沒有花蕾。

我說，日本人對美和傷感有極端的推崇。比如川端康成，比如浮世繪，比如花吹雪。羅喜歡聽我瞎侃。他總是微笑著看我，眼睛稍稍地眯起來，有平和的溫情。我不知道他為什麼會對我產生興趣。我不是美麗馴順的女孩，不會討好別人，可是他給我食物，時間和縱容。他沒有和我做愛。我等著看他會如何開始，也許隨時都會發生，又或者始終都不會發生。

我們在人群中告別的樣子就像兩個陌生人。我從不回頭看他，自然也不知道他是否曾回頭看我。

深夜獨自睡覺，最怕的事情是失眠。因為失眠會帶來很多往事。記憶就如死魚一樣從渾濁的水面上浮起，散發出腐爛的氣息。窗外有時有迴旋的風聲。我聽到自己的皮膚發出寂寞的聲音。還有蝕骨的寒冷。原來從來就沒有消失。

十五歲的時候，父親重新結婚。那一個夜晚，母親打我比任何一個時候都要厲害，直到把那把竹尺子打斷。隨著竹尺子清脆的斷裂聲，母親愣在了那裡。我鞋子也沒有穿，跑出了家門。秋風冷冽。我一邊跑一邊感覺到自己的顫抖，沒有穿鞋的腳踩著地上厚厚的落葉。風在耳邊呼嘯的聲音，樹葉碎裂的聲音，心臟在麻木中跳動的聲音，把我淹沒。

那時林已經搬家。可是這是我唯一可去的地方。我足足跑了近十站的路。晚上躺在林家裡的沙發上，我感覺到疼痛。雖然背上抹了藥水，可是燒灼般的劇痛讓我無法停止顫抖。我推開林的房門。我摸到他的床，我說，林，我很疼。林把我抱在懷裡，他用被子蓋住我，他輕輕撫摸我的頭髮。他說，會好的。一切都會好起來。

可是我還是疼。我不知道該如何平息這種把我吞噬的疼痛。我不停地顫抖。然後突然林把我拉了起來，他脫掉了我的衣服。他說，讓我看看妳的背。這是我第一次在別人面前裸露出我的傷口。我企圖掙扎，可是赤裸的傷痕累累的背已經負荷了很多東西。我拚命屏住呼吸。只有屏住呼吸，才能感受這樣甜美的親吻和撫摸。我的皮膚是這樣貧乏和寂寞，我願意在林手指的輾轉中支離破碎。

雖然如此疼痛，可我依然希望他不要停止。一直一直，不要停止。

黑暗中，我又看到那個被檢閱著傷口的女孩。我坐起來，喝下很大一杯冰水，讓自己的心跳平靜。

我對羅說，我想結婚。你是否可以幫我介紹。我們吃完飯，走在大街上。羅想給他的女兒買份禮物，他的小女兒要升小學五年級。我幫他挑了一個很大的芭比娃娃。

粉紅的裙子，金色的捲髮，小女孩的世界裡這些就是驚喜。羅笑著問我，這是妳小時候喜歡的娃娃吧。他看著我把這個龐大的娃娃抱在懷裡。

沒有。沒有娃娃，沒有裙子，沒有糖果，沒有撫摸。可是我什麼也沒說。我只是對他說，我想結婚。你是否可以幫我介紹。

羅在夜色中看著我。他的手猶豫地握住我的手指問，因為什麼想結婚。

我笑笑，想生個孩子，想老得快一點，想有個人能在一起。突然有一刻，我的眼睛裡湧出眼淚。

在我畢業的時候，母親已經再婚。她的性格柔和下來。原來孤獨會改變一個女人。我突然原諒了她對我做過的一切事情。身上的傷口已經全部痊癒，甚至沒有留下一個疤痕。喬也結婚了。喬說，妳早就應該和林分手。他和妳不是同一條路上的人。他是太平庸的男人。

喬不知道在我剛上大學的時候，林就準備結婚了。

最後見的那一面。林說，我們一直沒有共同的基礎。唯一的理由也許就是妳十五歲的那個夜晚。可是妳會長大。妳身上所有的傷口也都會消失。妳會有更好的生活。妳並不屬於我。他輕輕地把我推開。就在他把我推開的瞬間，我聽到身上所有光滑的肌膚綻裂的聲音。看著我的傷口。我的背赤裸在月光下。我只希望他繼續，繼續。雖然這樣疼痛，可是無法停止。

臉。

我抬起頭，看著羅。我的眼淚流下來。我對他擺擺手，然後用手心捂住自己的

相親的那天，羅問我是否要陪我同去。我說，不用。下班以後，我獨自趕到那個約好的酒店。我也想過要把自己好好打扮一下，或者抹點口紅，或者換條漂亮一些的真絲裙子。但最後還是穿著那條皺巴巴的裙子出現。臉色蒼白，發乾的嘴唇似乎黏在一起。

那個男人和他的母親一起出現，他們等在大堂的咖啡廳裡。母子倆非常相像，臉上都有一種刻板的線條。可是羅對我說過，這個男人學歷事業都非常優越。他說，我希望妳能為妳的生活打算。

我微笑著在他們對面坐下來。這樣的場面難不倒我，我從小就學會如何不動聲色。我安靜地盯著這個男人的臉。我不喜歡他的眼睛，不喜歡他的嘴唇，不喜歡他的手指。然後我對他說，你好，今天是否過得好。這個瞬間，讓我想起我在路上邂逅過的平頭男子。可是眼前這個男人的頭髮是捲曲的。

我是否要和這個手指肥胖的男人度過一生，我想像他的手指撫摸在我肌膚上的感

受。我的臉上突然顯現微笑。終於笑意越來越濃，我笑出聲來。

羅又約我去吃飯。

那天我們要了清酒，我喝醉了。我向羅要了菸抽。羅說，妳知道那個母親對我說了什麼嗎？我說我不知道，也不想知道。羅輕輕嘆息，把他的手放在我的頭髮上，他說，沒有人需要妳的美麗，妳還是孤獨吧。

夜已經很深。壽司店裡空蕩蕩的，放著一首悲愴莫名的日本歌。也許秋天馬上就要過去了，辛辣的煙霧吸進肺裡的時候，感覺到隱約的快意。我把頭髮散下來，我說，羅，請你擁抱我。羅看著我。他說，我的生活很正常，不想讓妳摧毀我。一個擁抱就會摧毀你的生活嗎？妳不要低估妳自己的頑強。我笑著俯過去親吻他的臉。

羅輕輕地把我的臉托起來，他認真地看著我的眼睛。他說，因為妳是一個始終帶著傷口出現的女人。

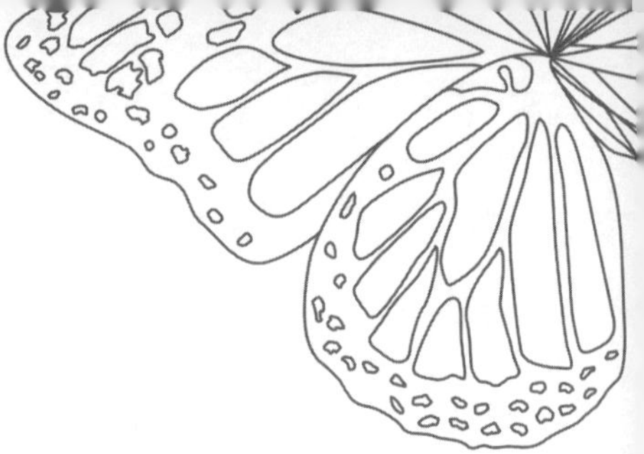

生命是幻覺

有許多個夜晚，他看見對面陽臺上的那個女孩。

在夜色裡，那個寬大陽臺，像一部午夜電影裡的場景。是深夜和凌晨交接的時分，春天的暖風醺然。女孩穿的是白裙，綴著細細刺繡蕾絲。濃密漆黑的長髮，直垂到腰際，海藻般柔軟和鬆散。

有時她在陽臺上走動，身影像一隻貓。有時就坐在窗臺上，蜷起赤裸的雙腳，微微側著臉。更多的時候，他看著她做一些瑣碎的事情。用一個白瓷杯子喝水。坐在大搖椅上晃動。吃一只蘋果。直到凌晨的時候，她熄滅了陽臺上的燈，然後隱沒。

數月前，他離開同居多年的女友菲，獨自搬入這套公寓的十七樓。在醫院的走廊裡，他等著她從手術室的門口出現。春天斑駁的陽光從樹枝間流瀉下來，他有短短一刻思想的時間。

在身體痴纏的瞬間，看得見自己的靈魂，冷漠而疏離，在一邊觀望。也許不僅是做愛。在人群中，在電腦和傳真充斥的辦公室裡，在無止境的商業宴席間，都有對自己孤獨和焦灼的質問。終於對菲說，他感覺厭倦，不願再繼續這種虛浮的婚姻生活。這的確是一種實質上的婚姻。可是他想有平靜。他沒有任何未來可以對她承諾。

在公司發布即將要減薪裁員的消息後，他開始服用藥物。他的業績很好，可是面臨一次競爭。上班的時候，他是理性的男人，無懈可擊。他不想讓自己有任何心理上的漏洞。那些進口的白色小藥片，醫生說能治療深度的憂鬱症。也提醒了他會有失眠和幻覺的副作用。但是他按時服用。他感覺到安全。

重回單身生活的起初，他又恢復去西區的酒吧喝酒。Jazz 混亂的節奏和菸草的氣息刺激著神經。還有年輕女孩溼溼的紅唇。半夜的時候，才獨自坐空蕩蕩的地鐵回家。在車廂燈光下，看見自己映在玻璃上的臉。失去了白天日光下面的面具，空洞得沒有任何表情。

那個女孩就這樣出現在他的視線裡。有時他放一些唱片，讓那些水一樣的音樂流淌。他感覺她聽得見。他們隔著一段不太遠的距離，彼此沉默地觀望。沒有語言，也無法觸及。在黑暗中躺下來的瞬間，他感覺到她的觸覺，是這樣迅速而無聲地滑過，一閃而過，像蝴蝶驚動時的翅膀。

陰雨的早晨，他在地鐵月臺接到菲打來的手機。他們平淡地說了幾句廢話。然後菲告訴他，她將於下星期結婚。你會連孩子都不要，她終於心有不甘地指責他。

那只不過是一個附帶產生的細胞，他聽見自己冷漠的聲音。

你真的是不正常，她掛斷了電話，耳邊是一串機械的忙音。他看著地鐵呼嘯著從前方駛過來，夾在人群中茫然地上車。想起來自己是愛過她的。甚至記得初見她時，她的笑容。但是當她硬要他接受孩子的尿布或可以放肆地指責他的時候，他想起自己的生活裡，應該有自由。

可是有什麼是我們能夠堅持下去的呢，他想，如果生命是一場幻覺，別離或者死亡是唯一的結局。

公司的裁員名單終於發布，而他被告知升任部門的經理。上司輕拍他的肩頭，說，你是否感覺有些疲倦，你可以申請短期的休假。

下班的時候，他突然感覺無望。一個愛過的女孩要嫁人了，一些人失業了，而他自己，是一架欲罷不能的商業機器，被物質和空虛驅使著，無休止地操作。坐在酒吧的吧檯邊，他拉開領帶，把藥片混在whisky裡喝了下去。非常想打個電話給任何一個可以交談的人。一個女孩輕輕坐到他的身邊，他聞到她的香水，她看過去未滿二十歲，卻有一雙憔悴的眼睛。

Hi，一個人嗎？她曖昧沙啞的聲音，手無聲地搭到他的腿上。

他看著她，他只說了一個字，滾。

他抓起西裝，走向地鐵車站。

月臺上，一個流浪的小孩向他乞討。他給了小孩僅剩的硬幣，換回來一朵皺巴巴的白色百合。一對情侶在旁若無人地親吻。人應該有愛情。陷入愛情的人，會不容易感冒，會更健康。那個女孩的臉清晰地浮現。她只出現在他的深夜裡，像一幕孤獨電影的場景。他從來沒有撫摸過她的肌膚，沒有聽到過她的聲音，但是伸出手的瞬間，他感覺到她柔軟的布裙輕輕從指尖掠過。他想把自己的臉埋入她海藻般的長髮裡，他想和她傾訴。

他第一次走到那棟相鄰的公寓樓下面。夜不是太深，天下著冷雨。在白天，她的陽臺永遠都是窗幔深垂。也許她是深居簡出的人，如果她不在，他想把那朵百合插在她的門把手上。也許他會要她。他的腦子裡再次閃現出她的笑容。無數個夜晚，他們在黑暗中彼此觀望。她是他唯一的安慰，在內心的深處。

十七樓。只有兩戶人家。他站在那扇應該是正確的門前，按響了門鈴。很久，沒有任何應答。她就在他觸手可及的一個範圍裡，他想，如果他能再有一點點時間。他耐心地又一次按著門鈴。身後傳來輕輕的開門聲，他回過頭去。

這戶人家是空的，一個女人在門後冷淡地看著他。

空的？

是的，從我家搬過來後，這扇門就從沒有開動過。她的眼神帶著一點點的驚慌。

據說是以前有人從那個陽臺跳樓，死了。她輕輕地又把門關上。

寂靜。在下降的電梯裡，他感覺到微微的暈眩。也許是烈酒把藥物的藥性加強了。再次感覺到女孩溫暖的笑容，無聲地向他靠近。髮絲輕輕滑過他的嘴唇，布裙散發清香，他感覺著痛楚。從口袋裡掏出藥瓶，在手心裡又倒出幾顆白色藥片，把它們吞了下去。聽見血管裡突突的跳動聲音。當雨點打上他的眼睛，也許這是唯一真實的東西。

第二天的晚報，刊登了一則短短的社會新聞。單身男子，服用過量某新型抗抑鬱藥物，導致昏迷。三十二歲，外商職員。被發現後送入醫院。病情待定。據檢查，此男士有深度憂鬱症狀及神經幻覺功能失調。

一個人的夜晚

每年的聖誕節，在這個南方的城市裡都是不下雪的。她很奇怪自己會在這樣的夜晚，獨自出去看一場電影。坐在公車上時，看見街上商店的櫥窗都用粉筆畫出了英文和雪花。Merry Christmas 還有翠綠的聖誕樹，掛著小天使和鈴鐺。行人卻是稀少的，快樂的 party 也許會持續到深夜吧。下車之前，她對著車窗玻璃，掏出口紅，輕輕地塗抹。Hi，她對玻璃上的那張臉微笑。

電影院裡空蕩蕩的。鋼琴課。紐西蘭導演的作品。當旋律像水流一樣傾瀉出來的時候，她把自己輕易地墜落在裡面。藍色的潮水在暮色中翻湧，天空的色彩是模糊的，深紫和橙黃交織在一起。鋼琴被孤獨地遺留在沙灘上。她突然哭了。她看到了身邊隔了一個位置的男人，轉過頭凝視她。她用手指擋著自己的眼睛，對他說，對不起。

男人說，妳喜歡這場電影嗎？那時散場的燈光已經亮起。她說，是的。男人穿一條深煙灰的燈芯絨褲子，乾淨的短髮和眼睛。他說，聖誕節的晚上，人們都會做些什麼呢？也許我們該去教堂聽讚美詩。

走在街上。天空下一點點細而寒冷的雨絲。在橋上，她俯下身去看江水上起伏的霓虹光影。風把她的髮梢吹起來。她大聲地叫著。江邊停泊著外地的漁船。她說，我常常幻想一艘船會把我帶到很遠的地方去，不會回來。

他說，想到哪裡去。

不知道，沒有方向。

教堂裡擠滿了人。在一塊黑板上，他們看見手抄的一段話，神啊，我的心切慕祢，如鹿切慕溪水。她說，這是《詩篇》第四十二篇裡的句子。

在人群裡，聽到教堂的手風琴和合唱的聲音。寧靜的歌聲充滿虔誠。她沒有祈禱。她告訴他，在她童年的時候，外婆常常帶她去鎮上的教堂做禮拜。吃飯和睡覺之前都要做禱告。晚上，外婆坐在床邊唱讚美詩。一首一首地不停地唱。可是一直到現在，我還只是喜歡閱讀《聖經》而不祈禱。有些人的靈魂得不到他想要的依靠。

他在喧雜的人聲中，俯下頭認真地看著她的眼睛。她說，我還會背一段給你聽。

她沒有告訴他，在很長的一段時間裡，她都是要讀一段《聖經》才能入睡。無眠的深夜，往事翻湧。害怕分開的那個人打來電話，告訴她他依然想和她在一起。可是她要看著自己的心一點一點地熄滅下去，漸漸地就變成冰冷的塵煙。

不知道為什麼，發現自己很難長久地愛一個人。她對他說，很難的事情嗎？如果這個男人只是讓妳感覺更加孤獨無助，妳只想離開他。一個人走得很遠。

一個人去南京的時候，在玄武湖邊看銀杏樹金黃的落葉在風中飄飛如雨。那時想身邊有個人，什麼也不想說，只是在一起看著就好。在紫金山的海底世界，她看一種遠古時就有的魚。碩大詭麗的魚，在陰暗的洞穴裡游移。她貼在玻璃上，凝望了很久。

那時我覺得我的愛情就是這樣的一條魚，喪失掉任何的語言，是宿命的孤獨。她對他笑著說，眼淚卻流下來。他伸出手去，抓住她想擋住眼睛的手指。

他們去了一間小小的酒吧。他給她熱咖啡和菸。他有一雙敏銳的眼睛，凝視人的視線很執著。她不知道他為何一直陪在她的身邊，就像她不知道自己為何在對他傾訴。

他要了酒。他們並肩坐在吧檯邊，一直在交談。他發現她抽菸很凶。她說，這是她寫不出文字時養成的習慣。像我們這種寫字的人，她說，時間長了，就不知道是自己在玩文字，還是文字在玩自己。最窮的時候，身邊只能搜出幾塊硬幣。沒有錢坐公車，只能走一小時的路回家。習慣了生活的窘迫和混亂。有了稿費會去商店，很快揮霍一空。

深夜寫稿的時候，有時覺得整個人會廢掉。腦子中一片空白。很多人不喜歡這些頹廢蒼白的文字。生存是困難的。像我這樣喜歡躲在被窩裡聽 punk 音樂的人，得學會習慣收拾自己的自尊，可是又無法低價拍賣自己的靈魂。

想過嫁人嗎？

想過，但是嫁給誰呢。相愛的兩個人是註定無法平淡地繼續一生的，不搞得生離死別不會罷手。而和一個不愛的人在一起，會比獨自一個人時更孤獨。有時想，嫁個有錢的男人吧。我是謀生能力非常差的人。自己很難養活自己。如果沒有工作。但是我可以看上他的錢，他可以看上我什麼呢。

她自嘲地笑起來。她很會笑，笑容燦爛，眼睛會笑得皺皺的。或者可以同居，他可以像收留一隻小貓一樣地養我，每天三頓飯就可以。

他聽著她。他說，妳讓我想起我大學時認識的一個女孩。和妳一樣的敏感和靈異。可是她後來死了。這個世界不合她的夢想。可是事實上，這個世界幾乎不合所有人的夢想。只是有些人可以學會遺忘，有些人卻堅持。

他們到角落裡跳舞。她脫掉了毛衣，穿著一件純白的襯衫。是一首低迴不已的blues。他在陰影中俯下臉親吻她的髮絲，然後滑過她花瓣一樣的臉頰，觸及她的嘴唇。她的身上混雜著菸草、咖啡和香水的氣息。她抬起明亮的眼睛。這是他們邂逅以後的第七個小時，身體的撫慰是簡單而溫暖的，在酒吧角落裡，他們沉默地相擁。

他說，我從北方過來出差的。明天就得回去。

我知道，她說，我們是沒有未來的人。不斷地尋找，不斷地離開。

走出來的時候，發現外面下起了雪。地上已經有一層薄薄的積雪。而夜空中大朵大朵的雪花，幾乎是激烈地，在寒風中瀰漫了整個城市。這時江邊的鐘樓敲響了十二點。在最後的鐘聲即將消失之前，他把她擁入懷中。

聖誕快樂。他對她低聲地說，再次親吻她。雪在頭髮上融化，順著髮梢流下來。彷彿淚水。

她說，我們會一個人走到地老天荒嗎？

不會。會有很多的往事，很多的記憶。即使沒有結局。

等到你老的時候，你會想起有一個夜晚。和一個南方的女孩。去教堂聽讚美詩，在酒吧跳舞。大街上好大的雪。你們不斷地親吻。

是，他們都笑起來，他再吻她。她給他看她嘴脣上的瘀血。是他吻過以後留下的。

他說，疼嗎？

過幾天就會好，她說，時間不會給我們留下任何傷口，放心。

我可以帶妳到很遠的地方去，他突然說，雖然我並不有錢。可是會有三頓飯給妳。

不要許下任何諾言，請你。

她伸出食指，放在脣上，對他示意不要再問下去。然後快樂地尖叫著，向前面跑過去。

他們一直走到市區中心的廣場。噴泉的雕塑，荒涼的樹林。空空蕩蕩的沒有一個人。

她說，有時候從市立圖書館出來，我會在這裡坐上一下午。看看藍得透明的天，灑滿燦爛的陽光，什麼也不想。

什麼也不想的狀態？

是。好像沉在一條河的底層。感受時光像水一樣地流過去，流過去。但是在很多陌生人的地方，我常常以為會有一個人出現。對我說，他要帶我走。每一次，在獨自出去旅行的時候，一個人在車站，機場，碼頭，任何一個地方，我都感覺到內心的期盼。想不再回來。想一個城市一個城市地漂泊下去。永無止境。

一個下午，我在這裡看見一個男人。他坐在櫻花樹下。旁邊放著畫報，一紙袋的糖炒栗子和礦泉水。他仰起頭看城市上空盤旋的鳥群。我看見他微笑時的眼睛和牙齒。我感覺他是那個可以帶我走的人。我一直凝視著他直到他起身離開。他穿一件淺褐色的布襯衫，在人群裡輕輕地一晃就不見了。我知道他把我遺留在了這裡，甚至沒有對過一句話。

她低下頭微笑。

他們在廣場裡漫無邊際地行走。雪好像要把整個城市淹沒掉，天空漸漸變得灰白，黎明曙光隱隱透出。他們再次親吻。她嘴唇上的小傷口又裂開，腥熱的血染在他的唇上。

在傾斜的街角，
我們頹然地擁抱。
沒有一隻鳥飛過，
過問破碎的別離。

她輕聲地念詩給他聽。她說，我還不想和你說再見，可是我們該告別了。

他點頭，他的髮梢不斷滑落雪花融化的水滴，一夜的無眠和寒冷使他臉色蒼白。能告訴我妳的名字嗎，他說。

看看我的眼睛吧，只要記住我的眼睛，直到你變老。她仰起臉。

他對她揮揮手，消失在廣場的櫻花樹林後面。在大雪紛飛的夜裡，在空蕩蕩的城市街道上。

她想他會帶著她整夜的傾訴和眼淚，回到他遙遠的北方，然後漸漸地在時光中淡忘，直到完全遺忘。

帶著微微的醉意，她在車站趕上第一班凌晨的公車。黎明初醒的城市，雪剛剛停息。早起晨練的人們開始走動。塵煙拉開序幕。沒有人知道一整夜裡的大雪，曾如何湧動。

如風

羅是我在網上認識的第一個男人。那年八月，我買了電腦，開始寫最初的一些散淡文字。第一篇比較成形的文章是女孩的一段生活，寫的大略是一些零落心情。晚上上完夜校去喝豆漿，聽買來的愛爾蘭音樂CD，以及獨自去爬山。愛爾蘭的鋼琴音樂，伴有風琴、豎琴和吉他，很美，像清涼的水滴，一點一點墜落在心裡。常常漫不經心地聽著它。

裡面好像有這樣的句子，貼在新聞群組上面。羅是第一個寫 E-mail 給我的人，他用簡潔的英文問我，是否是我自己寫的，他很喜歡。然後在又一封信裡，他說，他看的時候心裡有些疼痛。他是大學裡面教工科的教授，自己兼職做外商的代理。比我大十一歲。

我們成為朋友。他要求我每寫一篇東西都 E-mail 給他一份，但我常常忘記。然後秋天的時候，他來我居住的城市出差，執意要送幾盤他從德國帶來的CD給我。在他居住的酒店下面，我打了電話給他，我說，我還是不喜歡這樣的事情。見面似乎沒有什麼意義。羅說，那妳可以拿了CD就走。我只想送這些CD給妳。

見面的那一天。羅的身上兼具知識和商業的氣息，衣著講究，喜歡男用的 Dune 香水，講話時夾雜英文。做外貿多年，是有些西化的中年男人。聊了很多。羅對我談起他大學時暗戀的一個女孩，突然眼中淚光閃動。然後他走進廁所裡，用冷水洗臉。很久才出來。我安靜地看著他，我們之間放著兩杯透明的白開水。

兩個小時後我和羅在酒店門口告別。在taxi裡面，我叫司機幫我放一盤ＣＤ聽聽。裡面是激烈的搖滾。我才想起，在我寫的一篇小說裡，我描寫過搖滾。小說裡的女孩喜歡一邊聽搖滾一邊暗無天日地寫字。喧囂的音樂在夜風中一路飄散，街上鋪滿枯萎的樹葉。

聖誕節的時候，我們又見了一次。羅從杭州寄聖誕禮物給我，是一套Christian Dior的化妝品。大大的紙盒子用ＥＭＳ寄到我工作的地方，裡面有一張小小的卡片。羅說，希望那天能和妳一起去教堂。

我不知道可以回送他什麼。一個人在百貨公司逛了很久，最後挑了一雙純羊毛手套，煙灰色的。是按照自己喜歡的品味，然後把它寄給了羅。

那個夜晚非常寒冷。我們一路走到教堂，大街上的霓虹倒映在江水裡，像漂流的油畫顏料。教堂的人很多，我們站在門口聽了一會兒讚美詩，然後轉身離開。羅在路上大概地對我說了一下他的婚姻，還談起他在四川讀研究所時對峨眉山的懷念。他說，他最大的願望是賺夠錢後，去幽靜的山野隱居。

他的天性裡有脆弱而溫情的成分，區別於一般做貿易的男人。和他的交往，我維持著距離。因為自己的性格，並不喜歡任何深切熱烈的關係。這份感情鬆散低調，又有點漫不經心。

有時我們在電話裡聊天。有時羅寫手寫的信給我。

他在出差的路途中寫或長或短的信給我。在火車或飛機上。在酒店裡。甚至在候車室裡。羅的字寫得很漂亮，簽名是流利的英文。印象深刻的是其中一句，羅說，這個世界不符合我的夢想。後來有多次，我把它寫在我的小說裡面。

冬天快過去的時候，羅說他接受了一家大集團的邀請，準備來我的城市工作，出任集團所屬外貿公司的老總。我感到有一點點突然。

羅陪著他的法國客戶來我工作的地方辦事，我們再一次見面。他穿著一件黑色的風衣，人非常清瘦。我說，你看過去很銳氣的樣子。羅說，我感覺心裡安定下來。也許對羅這樣的男人來說，雖然面臨中年，心裡裝的仍是一半現實一半幻想，也是註定漂泊的人。

雖然在同一個城市裡，但我們依然很少見面。他的工作非常忙碌。而我向來懶散，從不寫 E-mail 給他，更不用說給他回手寫的信。他常常要上網和客戶聯絡，深夜下網時打電話給我，我總是睡意深濃，沒有耐性聽他說話。

去過他住的地方兩次。每次他都親自下廚做飯給我吃。羅的菜做得很出色，公司分給他很大的房子住。我們在空蕩蕩的客廳裡吃飯，然後我看一下午的DVD，有時看著看著就睡著了。醒來的時候，羅還在客廳用手提電腦寫E-mail給客戶。而天色已經轉黑，他穿著棉布的睡褲，光著腳工作。

一直我都覺得我是個孤獨的人，很少和別人溝通，覺得自己的心老得很快，也不相信別人，平淡寂靜。所以能夠和一個比我大十一歲的中年男人相處。

我不曾想過會和羅戀愛。二十歲以後會隨意地喜歡別人，但不會愛。認識很久了，羅表現出來的尊重符合他的身分。過馬路的時候，他的手懸在我的背上，保護的，愛憐的，但是不放下來。

春節的時候，我去大連。羅開車時出了車禍。他在病房裡打手機給我。我說你是否要我過來看你。羅說不用。他的情緒有些壓抑。

然後有一個深夜，他突然打電話給我，沒有說任何語言，在那裡哭了約十分鐘，是男人崩潰的哭泣聲音。我沉默地拿著聽筒，一言不發。然後等他平靜下來的時候，叫他洗臉睡覺。感覺到男人內心深處隱藏的脆弱和無助並沒有讓我吃驚。可是我不知道該如何安慰他。

於是就沒有安慰。

把〈暖暖〉寄給他的時候，羅說我文字裡陰鬱的東西已經要把人摧垮，所以他不再看我寫的任何東西。也是那一段時間，羅預感到我也許會做出生活的重大決定。所以當我對他說，我準備辭職去另一個城市做自己喜歡的廣告業，羅的表情並不驚奇。他說，妳是一定會走的，我知道。

最艱難的一段日子。對恐懼和壓力，我的神情冷淡，心裡卻一刻也不曾停止，告訴自己一定要挺住挺住再挺住。作為一個女孩，我知道自己與別人不同。我在做一個與生活冒險的遊戲。生活要我付出的代價，會比我想像中的更多。可是我無法停止。生活的停頓與死亡並無區別。與停頓生活抗衡的同時，也在和死亡遊戲。一再地感覺無路可走，所以一再地前行。

第一次主動給羅打電話。不喜歡一個所謂的朋友，好奇地探究我的心情。但是希望能有個人，安靜地陪伴著度過難關。在心裡壓抑了這麼久，再見到羅，依然無言。

我們去了一個據說很靈驗的廟裡求籤。天氣非常炎熱，羅滿臉是汗。我們一直坐車趕到郊外。在陰暗幽涼的寺廟裡，我再次想到宿命。門外明亮的陽光燦爛，湖光山色，空闊自由。雖然不知道追尋的生活會在何處，但總是要不斷前行。

求完籤後，我把那張寫著詩句的白紙燒掉了。羅和我一起，去田野裡散步。我們看到純藍的天空和湖水，大片開出美麗花朵的棉花，散發出清香的橘子樹和蔓延的浮萍。我們不斷地聊天。我對羅說，我很喜歡飛機起飛的那個時刻，加速的暈眩裡心裡有無限歡喜。羅看著我，他的眼光突然疼痛。

中午的時候，我們去菜場買菜，然後他借我喜歡的恐怖片。羅在廚房裡做飯，我看著看著又睡著了。迷糊中突然渾身出汗，覺得自己是一個人在異鄉的房間裡醒來，遠離父母，生活奔波流離，也不再見到曾經愛過的人。在已經光線黯淡的房間裡，忍不住掉淚。羅在房門外默默地站了一會兒，然後走開。

兩個人安靜地吃晚餐。羅的妻子和女兒打電話過來，羅用溫和忍耐的語氣應對。一個男人獨自在異鄉孤獨生活，靠工作來麻醉自己。我記得他電話裡的哭泣，在情緒崩潰的時候，羅也許手足無措。但我不知道該如何安慰，所以只能沉默相對。我勸他，不如離婚，重新開始生活。羅說，算了。

他擺了擺手。他說，只要在工作，他就不會被內心的孤獨感摧毀。他說，他抗爭了很久，已經累了。不像我。我還年輕，有大把的時間。

空蕩蕩的房間，一個人的生活。孤獨像空氣無從逃避。羅的眼神一貫憂鬱。而我，我只是懼怕生活的麻木把我淹沒。只能一次次奮力地躍出海面，尋求呼吸。寧可被捕捉。不願意被窒息。

送我回家的途中，下起很大的雨。秋天的寒意一天天加深。是我喜歡的季節。大雨中，我們走過巷子去大路上攔計程車，雨水冰涼。羅說，答應我不要一個人走。我說不會，會有人接或會有人送。很多東西都不能帶走。但會記得帶上那幾盤德國CD，不管我在哪一個城市。

妳走了以後也許我也該離開這個城市了。羅在夜色中安靜的聲音。我說，去哪裡。羅無言。然後他說，妳送我的手套我一直都沒有用。一生都不會用它。

坐在計程車裡面，羅隔著玻璃窗對我擺手。雨水模糊了他的面容。我安靜地看了他一分鐘，然後用淡然的口吻叫司機開車。

交換

那年他十九歲，在阿姨家裡度過他唯一的一次南方假期。她是鄰居的女孩。繼母對她不好。他第一次見到她。她穿著裙子，臉上有紅腫的手指印，滿臉淚水卻神情冷漠。他蹲在她的面前，他說，妳喜歡小狗嗎？他把自己撿來的一條白色小狗放在竹籃裡給她看。

他說，妳笑一笑，我就把牠送給妳。

他給了她一段快樂溫暖的時光。帶她去釣魚，捉蝴蝶，看著她的笑容爛漫無邪。她生日的那天，他帶她去逛夜市，送給她一枚紅色的蝴蝶髮夾。他說，妳要相信自己，有一天，妳會像一隻蝴蝶一樣，飛到自己想去的地方。一個月後，他動身去北方。在火車站裡，她抱著小狗不肯離開。喧囂的月臺上，他把頭探到車窗外向她揮手。她踮著腳，認真地問他，如果我長大以後，我可不可以嫁你。火車已經開動。他微笑著哄她高興，他說，可以。

然後火車駛出了南方的小站，她孤單地跟著火車奔跑，終於追不上。

那一年，她是八歲。

一直到他大學畢業，開始上班，他沒有再回到過南方。她始終寫信給他。從小學生的稚嫩字體開始。一筆一畫地告訴他，她和小狗的生活。他從來不回信，只在她生日和新年的時候，寄給她漂亮的卡片。上面寫著祝小乖和小藍健康快樂。小乖是狗的名字，藍是她的名字。

三年以後，小乖生病死去。她在信裡對他說，小乖已經離開我，但我心裡的希望還在。雖然我知道我不會有蝴蝶的翅膀，可是一定會去自己想去的地方。

然後有一年假期，她告訴他她要去北京。他們整整七年沒有相見。

他在火車站裡等她。從擁擠人群裡出現的女孩，穿著白裙，眼睛漆黑明亮。他帶她去酒店吃飯，同行的是祺，他的未婚妻。他陪她去故宮，在幽暗的城牆角落裡，他問她，妳喜不喜歡祺。她說，祺美麗優雅，是個好女孩。在午後陽光下，她微笑看著他。

她平靜地在北京過了一個星期。準備回南方繼續高中學業。臨行前夜，她輕聲詢問他，如果你以後離婚，我可不可以嫁你。他睏倦想睡，迷糊地說，可以。清晨，她不告而別，獨自南下。

婚後的日子平淡如水。祺兩年後去美國讀書。準備不久後把他也接出去。他辭退了公職，開了一家小小的酒吧，準備打發掉在國內的最後日子。他把自己的酒吧叫作Blue。他還是不斷地收到她的信。她說她很快要畢業了，如果考不上北京的大學，就準備放棄學業，來北京工作。他說，我過一、兩年就要走的。她說，沒關係。只要還有剩下的時間。

再次見面的時候，她十九歲，而他三十了。他們同居了一年。直到他的簽證下來，準備出國和祺相聚。他把Blue留給了她。他說，妳可以在北京嫁人。以後我還會回來看妳。她說，我會在北京等你，但不嫁人。她依然寫信給他，一封又一封。而他，也依然只在她生日和新年的時候，寄喜歡的卡片給她。

他一去就是五年。直到和祺離異，事業也開始受挫。他準備再回國發展。在Blue門口，看到吧檯後的女孩，依然穿一襲簡樸的白裙。她看過去蒼白而清瘦。她說，你回來了。她淡淡地微笑。可是我生病了。

她的病已經不可治。他陪著她，每日每夜。他讀《聖經》給她聽。在她睡覺的時候，讓她輕輕地握著他的手指。有陽光的日子，他把她抱到病房的陽臺上去晒太陽。她說，如果我病好了，我可不可以嫁你。她的心裡依然有希望。他別過臉去，忍著眼淚回答她，可以。

拖了半年左右，她的生命力耗到了盡頭。那一天早上，她突然顯得似乎好轉。她一定要他去買假髮。因為化療，她所有的頭髮都掉光了。她給自己綁了麻花辮子。那是她童年時的樣子。然後她要他把家裡的一個絲緞盒子搬到病房。裡面有他從她八歲開始寄給她的卡片。

每年兩張，已經十六年。她一張張地撫摸著已經發黃的卡片，和上面模糊不清的字跡。這是他離開她的漫長日子裡，她所有的財富。

終於她累了。她躺下來的時候，叫他把紅色的蝴蝶髮夾別到她的頭髮上。她問他，如果還有來生，我可不可以嫁你。他輕輕地親吻她，他說，可以。

他曾經用一條白色的小狗來交換她的笑容。然後她用了一生的等待來交換他無法實現的諾言。

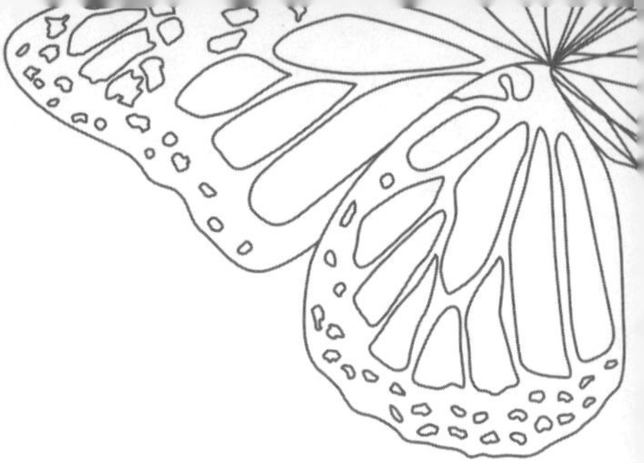

七月與安生

七月第一次遇見安生的時候，是十三歲的時候。新生報到會上，一大堆排著隊的陌生同學。是炎熱的秋日午後，明亮的陽光照得人眼睛發花。突然一個女孩轉過臉來對七月說，我們去操場轉轉吧。女孩的微笑很快樂。七月莫名其妙地就跟著她跑了。

很久以後，七月對家明說，她和安生之間，她是一次被選擇的結果。只是她心甘情願。

雖然對這種心甘情願，她並不能做出更多的解釋。

我的名字叫七月。當安生問她的時候，七月對她說，那是她出生的月分。那一年的夏天非常炎熱。對母親來說，酷暑和難產是一次劫難。可是她給七月取了一個平淡的名字。

就像世間的很多事物。人們並無方法從它寂靜的表象上猜測到暗湧。比如一個人和另一個人的相遇，或者他們的離別。

而安生，她說，她僅僅只證實到自己的生命。她攤開七月的手心，用她的指尖塗下簡單的筆畫，臉上帶著自嘲的微笑。那是她們初次相見的景象。秋日午後的陽光在安生的手背上跳躍，像一群活潑的小鳥振動著翅膀飛遠。

那時候她還沒有告訴七月，她是個沒有父親的孩子。她的母親因為愛一個男人，為他生下孩子，卻註定一生要為他守口如瓶。七月也沒有告訴安生，安生的名字在那一刻已在她的手心裡留下無痕的烙印。

因為安生，夏天成為一個充滿幻覺和迷惘的季節。

十三歲到十六歲。那是七月和安生如影相隨的三年。有時候七月是安生的影子。有時候安生是七月的影子。一起做作業。跑到商店去看內衣。週末的時候安生去七月家裡吃飯，留宿。走在路上都要手拉著手。

七月第一次到安生的家裡去玩的時候，感覺到安生很寂寞。安生獨自住一大套公寓。她的母親常年在國外，雇了一個保母和安生一起生活。安生的房間布置得像公主的宮殿，有滿滿衣櫥的漂亮衣服。可是因為沒有人，顯得很寒冷。七月坐了一會兒就感到身上發抖。安生把空調和所有的燈都打開了。她說，她一個人的時候常常就這樣。然後她帶七月去看她母親養的一缸熱帶魚。安生丟飼料下去的時候，美麗的小魚就像一條條斑斕的綢緞在抖動。

安生說，這裡的水是溫暖的。可是有些魚，牠們會成群地穿越寒冷的海洋，遷徙到遼闊的遠方。因為那裡有牠們的家。安生那時候的臉上有一種很陰鬱的神情。

在學校裡，安生是個讓老師頭痛的孩子。言辭尖銳，桀驁不馴，常常因為和老師搶白而被逐出教室。少年的安生獨自坐在教室外的空地上，陽光灑在她倔強的臉上。

七月偷偷地從書包裡抽出小說和話梅，扔給窗外的安生。然後她知道安生會跑到她的窩去看書。

那是她們在開學的那個下午跑到操場上找到的大樹。很老的樟樹，樹葉會散發出刺鼻的清香。安生踢掉鞋子，用幾分鐘時間就能爬到樹杈的最高處。她像一隻鳥一樣躲在樹葉裡。晃動著兩條赤裸的小腿，眺望操場裡空蕩蕩的草地和遠方。七月問她能看到什麼。她說，有綠色的小河，有開滿金黃雛菊的田野，還有石頭橋。一條很長很長的鐵軌，不知道通向哪裡。

然後她伸手給她，高聲地叫著，七月，來啊。七月仰著頭，絞扭著自己的手指，又興奮又恐懼。可是她始終沒有跟安生學會爬樹。

終於有一天，她們決定去看看那條鐵路。她們走了很久很久。一直到暮色迷離，還沒有兜到那片田野裡面。半路突然下起大雨。兩個女孩躲進了路邊的破茅草屋裡。七月說，我們還是回家吧。安生說，我肯定再走一會兒就到了。我曾發誓一定要到這段每天都能看到的鐵路上走走。

於是大雨中，兩個女孩撐著一把傘向前方飛跑。裙子和鞋子都溼透了。終於看到了長長的鐵軌。在暮色和雨霧中蔓延到蒼茫的遠方。而田野裡的雛菊早已經凋謝。

安生的頭髮和臉上都是雨水。她說，七月，總有一天，我會擺脫掉所有的束縛，

安生很快樂地和七月、家明一起，騎著破單車來到郊外。爬到山頂的時候發現上面有座小寺廟。陽光很明亮。那天安生穿著洗得褪色的牛仔褲和白襯衫，又回復她一貫的清純樣子。家明和七月都穿著白色的T恤。安生提議大家把鞋子脫下來，光著腳坐在山路臺階上讓相機自拍，來張合影。大家就歡歡喜喜地拍了照片，然後走進寺廟裡面。

這裡有些陰森森的。七月說。她感覺這座頹敗幽深的小廟裡，有一種神祕的氣息。她說她累了，不想再爬到上面去看佛像。我來保管包包和相機吧，你們快點看完快點下來。

家明和安生爬上高高的臺階，走進陰暗幽涼的殿堂裡面。安生坐在蒲團上，看著佛說，祂們知道一切嗎？家明說，也許。他仰起頭，感覺到在空蕩蕩的屋簷間穿梭過去的風和陽光。然後他聽到安生輕輕地說，那祂們知道我喜歡你嗎？

七月看到家明和安生慢慢地走了下來。她聞著風中的花香，感覺到這是自己最幸福的一刻。她心愛的男人和最好的朋友，都在她的身邊。很多年以後，七月才知道這是她最快樂的時間。只是一切都無法在最美好的時刻凝固。

家明，廟裡在賣玉石鐲子。七月說，我剛才一個人過去看了，很漂亮的。安生說，好啊，讓家明送一個。只剩下兩個了。一個是淡青中嵌深綠的，另一個是潔白中含著絲縷的褐黃。家明說，七月妳喜歡哪一個。七月說，也要給安生買的。安生喜歡哪一個。

安生看看，很快地點了一下那個白色的，說，我要這個。她把白鐲子戴到手腕上，高興地放在陽光下照。真的很好看啊，七月。七月也快樂地看著孩子一樣的安生。我還想起來，古人說環珮叮噹，是不是兩個鐲子放在一起，會發出好聽的聲音。走了一半山路，安生又突發奇想。來，七月，把妳的綠鐲子拿過來，讓我戴在一起試試看。安生興高采烈地把七月取下來的綠鐲子往手腕上套。就是一剎那的事情。兩個鐲子剛碰到一起，白鐲子就碎成兩半，掉了下來。山路上灑滿白色的碎玉末子。

安生愣在了那裡。只有她手上屬於七月的綠鐲子還在輕輕搖晃著。家明臉色蒼白。

七月，我要走了。安生對七月說，我要去海南打工，然後去北京學習油畫。秋天的時候，安生決定輟學離開這個她生活了十七年的城市。她說，我和阿 Pan 同去。

阿 Pan 想關掉 Blue，是那個長頭髮的男人？七月問。是。他會調酒，會吹薩克斯風，會飆車，會畫畫。我很喜歡他。安生低下頭輕輕地微笑。

一個男人，妳要很愛很愛他，妳才能忍受他。那妳能忍受他嗎？

我不知道。安生拿出一支菸。她的菸開始抽得厲害。有時候畫一張油畫，整個晚上會留下十多個菸頭。可是安生，妳媽媽請求過我要管住妳。七月抱住她。

關她屁事。安生粗魯地咒罵了一句。她的存在與否和我沒有關係。安生神情冷漠地抽了一口菸。我恨她。我最恨的人，就是她和我從來沒有顯形過的父親。

七月難過地低下頭。她想起小時候她們冒著雨跑到鐵路軌道上的情景。她說，安生，那我呢？妳會考上大學，會有好工作。當然還有家明。她笑著說，告訴我，妳會嫁給他嗎。七月？

嗯。如果他不想改變。七月有些害羞，畢竟時間還有很長。

不長，不會太長。安生抬起頭看著窗外。我從來不知道永遠到底有多遠，也許一切都是很短暫的。

安生走的那天，乘的是晚上的火車。她想省錢，而且也過慣了辛苦日子。阿Pan已經先到海南。安生獨自走。安生只背了一個簡單的行李包，還是穿著舊舊的牛仔褲，裹了一件羽絨外套。七月一開始有點麻木，只是愣愣看著安生檢查行李，驗票，上車把東西放妥。

她把洗出來的合影給安生。那張照片拍得很好。陽光燦爛，三張年輕的笑臉，充滿愛情。

家明真英俊。安生對七月微笑，一邊把照片放進外套口袋裡。七月就在這時看到她脖子上露出來的一條紅絲線。這是什麼。她拉出來看。是塊小玉牌墜子。玉牌很舊了，一角還有點殘缺，整片皎白已經蒙上暈黃。安生說，我在城隍廟小攤上買的，給自己避避邪氣。她很快把墜子放進衣服裡面。

七月，妳要好好的，知道嗎？我會寫信來。

汽笛鳴響了，火車開始緩緩移動駛出月臺。安生從窗戶探出頭來向七月揮手。七月心裡一陣尖銳的疼痛，突然明白過來安生要離開她走了。一起上學，吃飯，睡覺的安生，她不會再看到了。

安生，安生。七月跟著火車跑，安生妳不要走。空蕩蕩的月臺上，七月哭著蹲下身來。

該回家了，七月。匆匆趕來的家明抱住了七月。是的，家明。該回家了。七月緊緊拉住家明溫暖的手。家明把她冰涼的手放在自己的口袋裡，然後把她的臉埋入懷裡。他的眼睛裡有淚光。

家明，不管如何，我們一直在一起不要分開，好不好。七月低聲地問他。家明沉默了一下，然後輕輕地點了一下頭。

除了安生。安生是沒有家，也沒有諾言的人。七月想。只是她永遠不知道可以拿什麼東西給安生分享。

高中畢業，七月十九歲，考入大學讀經濟。家明遠上北京攻讀電腦。

七月的大學在城市的郊外，平時住在學校宿舍裡。週末可以回家，能吃到媽媽燒的蘿蔔燉排骨，生活沒有太大變化，依然平和而安寧。在新的校園裡，七月試著結交新的朋友。她對朋友的概念很模糊，因為很多女孩喜歡她，七月在任何地方都是好人緣的美麗女孩。大家會一起去參加舞會，在圖書館互留位置，或者週末的時候去市區逛街，也會看場電影。

只是很平淡。像一條經過的河流。你看不出它帶來了什麼，或者帶走了什麼，它只是經過。而安生，安生是她心裡的潮水，疼痛的，洶湧的。那張三人的合影，七月一直把它放在床邊。陽光真的很明亮。是三年之前的陽光了。風裡有花香，身邊有最愛的人，七月想快樂的時光總是稍縱即逝。

家明每週會寫兩封信過來，週末的時候還會打電話給七月。他從沒有問起過安生，但七月總喜歡絮絮叨叨地對家明說起安生的事情。她寄來的信地址一換再換，家明。從海南到廣州，又從廣州到廈門。上次寄來的一張明信片，還是一個不知名的小鎮。

她也許不知道可以停留在哪裡，家明說。

我很怕安生過得不好，她這樣不安定，日子肯定很窘迫。
可她沒叫妳給她寄錢對不對。好了，七月。妳應該知道妳不是安生的支柱。任何人都不是。她有她想過的生活。

七月還是很擔心。有時候她在夢裡看到那條大雨中的鐵軌。她想起她和安生佇立在那裡的一刻，其實她心裡已經有了預感。這條通向蒼茫遠方的鐵軌總有一天會帶走安生。校園裡有很多的櫻花樹，也有很高很大的槐樹。七月想，如果安生在這裡，她還會踢掉鞋子，爬到樹上去眺望田野嗎？安生坐在大樟樹最高處的樹杈上。空曠操場上迴旋的大風，把她的白裙子吹得像花瓣一樣綻開。安生伸出手，大聲地叫著，七月，來啊。她清脆的聲音似乎仍然在耳邊迴響。七月每次想到這個場景就心裡黯然。

七月，我在廣州學畫畫。一個人騎著單車去郊外寫生，路很破，摔了一跤……這裡的 Rave Party 很瘋狂，我可以一直跳到凌晨，像上了發條的機器一樣……有一種花樹，花瓣很細碎，在風中會四處飛舞。好像黃金急雨……和阿 Pan 分手了，我想我還是不能忍受他……給別人畫廣告，在高樓的看板上刷顏料，陽光把我差點晒暈……想去上海讀書，我感覺我喜歡那個城市……我以為自己也許會永遠漂泊下去了，可是永遠到底有多遠呢……每一封信的結尾都寫著：問候家明。

七月無法寫回信或寄東西給她。她的地址總是在變化中。七月的生日，第一次她寄了一大包乾玫瑰花苞過來。又一次，她寄了一條少數民族的漂亮的刺繡筒裙。然後又一次，她寄自己畫的油畫給她。畫面上是她自己的裸體，長髮，變形成一條魚，旁邊寫著小小一行字：海水好冷。這時安生出去已經整整三年。

又過了兩年。大三的時候，七月參加學校裡的辯論比賽。休息的時候大家聊起探險家余純順，又聊到徒步或騎車環遊世界等行為。一個男生輕描淡寫地說，這些人都很矯情，表面上瀟脫自由，其實內心軟弱無力。他們沒有適應現實社會的能力，所以採取極端的逃避態度，本身只不過是頹廢的弱者。

七月突然漲紅了臉。她站了起來。你不瞭解他們。你不瞭解。他們只是感覺寂寞，寂寞，你知道嗎？因為憤怒，七月說話有些結結巴巴。她激烈地提高了聲音。你有的東西她沒有，可是你又無法給她。就像這個世界，並不符合我們的夢想。可是我們又不能捨棄掉夢想，所以只能放逐這個世界中的自己。

那天晚上，七月看見少年的安生。她穿著白裙子在樹上晃蕩著雙腿。長髮和裙裾在風中飛揚，還有她的笑臉。可是七月想，安生應該有點變了吧。畢竟現在安生已經和她一樣二十二歲了。二十二歲的七月，覺得自己都有些胖了。以前秀麗的鵝蛋臉現在有些變圓。人也長高了許多。她真的非常想念安生。

就在這時，電話響起來。七月想可能是家明。接起來聽，那裡是沉默的。七月說，喂，請說話好嗎？然後一個女孩微微有點沙的聲音響了起來。七月，是我。妳是誰啊。七月疑惑。

我是安生。女孩大聲地笑起來。安生一路到了上海。

七月，請兩天假過來看我吧。我很想妳。

七月坐船到上海的時候是清晨。安生在十六鋪碼頭等她。遠遠地，七月就看到一個瘦瘦的女孩，紮著兩根粗粗的麻花辮，一直垂到腰，穿著牛仔褲和黑色T恤，球鞋。七月跑過去。安生站在那裡對她笑。扁平的骨感的臉，陽光下蕎麥一樣的褐色肌膚，高高的額頭。從小安生就不是漂亮的女孩，但有一張非常東方味道的臉。現在那張臉看過去有了滄桑的美。沒有任何化妝。

安生妳現在像個越南女人，七月笑著抱住她，我真喜歡。

但是妳卻像顆剛晒乾的花生米，讓人想咬一口。安生笑。她的眼睛漆黑明亮，牙齒還是雪白的。這是七月看到過的樹上女孩的笑容。安生真的長大變樣了，只有笑容還在。

安生帶七月回她租的房子。她在浦東和一幫外地來的大學生合住，分攤房租。上海的租金很貴。安生說。但她還是把自己的小窩布置得很溫暖。棉布的床單，桌布和窗簾。床邊放著一只圓形的玻璃花瓶，插著潔白的馬蹄蓮。七月看到木頭相框裡他們的三人合影照片。

安生說，每次換地方，都不能帶走太多東西。但我必須帶著它。因為它是我唯一擁有的。那時候我們剛認識家明。我們都很快樂對嗎？家明現在好嗎？安生問。

他很好，馬上就要畢業了。現在西安有一家公司邀請他過去工作。他在那裡實習，做開發。

家明現在是大男人了吧，安生笑。七月從包裡翻出家明寄給她的照片給安生看。家明穿著小藍格子的襯衫，站在陽光下。他看過去總是溫情乾淨。

安生說，他是我見過的最英俊的男人。十六歲以前是這樣。十六歲以後也是這樣。妳帶他來酒吧的那一個夜晚，他出現在酒吧裡，好像讓所有的喧囂停止了聲音。

嗯，而且他是個認真淳樸的好男人。

嫁給他吧，七月。等他一畢業就嫁給他。

可是他很想留在北京發展。我又不想過去。妳知道的，安生，我不想離開我的父母家人，還有我們住了這麼多年的城市。雖然小了點，但富裕美麗，適合平淡生活。

妳喜歡平淡生活嗎？

是，安生。我手裡擁有的東西太多，所以我放不掉。

安生笑了笑。她一直在抽菸，她開始咳嗽。她摸摸七月的臉，七月妳臉上的皮膚多好啊。

我的臉整個都被菸酒和咖啡給毀了。白天去推銷公寓，只能化很濃的妝。可是我身上的皮膚卻像絲緞般光滑。妳看，上天給了我一張風塵的臉。它很公平。今天是週末，我們去酒吧喝點什麼。安生拿出一件黑色的絲絨外套，安生，妳不穿白衣服了。七月說。現在只有黑色才符合我這顆空洞的靈魂，安生笑，然後對著鏡子抹上豔麗的口紅。

她們去了西區一家喧鬧的酒吧。安生一直喜歡這種吵鬧的音樂和擁擠的人群。她要了威士忌蘇打。不斷地有人過來對她打招呼。Hi，Vivian。七月看著安生手指上夾著香菸，在幾個老外面前說出一連串流利的英文，然後和他們一起笑起來。七月摸著自己杯子裡的冰水。突然她發現她和安生之間已經有了一條很寬很寬的河。

她知道站在河對岸的還是安生。可是她已經跨不過去了。七月看著自己放在吧檯上的潔白的手指。她們的生活已經截然不同了。

一個穿藍襯衫，戴黃領帶的瘦小中年男人擠過來，對安生笑著說了些什麼。安生應了他幾句，然後回來了。

準備在上海待多久，安生，七月問她。

來上海主要是想賺點錢，最近房產銷售形勢很好。當然還是要一路北上。然後去興安嶺、漠河看看。

不想去西藏尋找一下畫畫的靈感嗎？

我已經放棄了畫畫。

為什麼，妳一直都那麼喜歡畫畫。

妳生日時送給妳的畫是我的終結。這片寒冷的海水要把我凍僵了。安生又喝下一杯酒。

妳呢，七月，妳還寫作嗎？以前我們兩個參加作文比賽，妳總是能獲獎。而我的作文總是被批示為頹廢不健康。安生笑。可是我覺得我寫得比妳好。

還喜歡海明威嗎？我在旅途上閱讀他的小說，他給了我最大的勇氣。我一直想知道，他把獵槍伸進自己嘴巴的時候，他的腦子裡在想些什麼。然後我也開始寫作。七月。我一直在稿紙上寫。也許哪天某個書商會讓我出版這本書。我們被迫丟棄的東西太多了。寫作是拯救自己的方式，上帝不會剝奪。

又是一陣喧囂的音樂。舞動的人群發出尖叫。

我走遍了整片華南，西南和華中。幾乎什麼樣的活都幹過。在山區教書，在街頭畫人像，在酒吧跳豔舞，在戶外畫廣告。有時候一個人在一個偏僻小城裡爛醉三天都沒有人知道。

我已經忘記自己的家在哪裡了。早就和母親斷絕了關係。我想我的家是被我背負在靈魂上面了。可是有時候靈魂是這樣空，有時候又這樣重。安生又笑。她快把一整瓶酒喝完了。

為什麼不找一個愛妳的人，安生。

這個男人一直想帶我出國去。是我打工的房地產公司的老闆，正和老婆鬧離婚。安生喝完杯子裡的酒，又推給吧檯裡的酒保，讓他再倒。這個男人都可以做我爸爸了。

妳可以找到一個合適的男人。

合適的男人？什麼叫合適的男人呢。安生仰起頭笑。她的聲音因為菸和烈酒開始沙啞起來。這個涵義太廣了。他的金錢，他的靈魂，他的感情，他的身體，是不是都應該放在裡面衡量呢。其實妳知道嗎，七月。安生湊近七月的臉。只要一個男人能有一點點像家明，我也願意。可是這個世界上沒有比家明更英俊更淳樸的男人了。我們都只能碰到一個。

安生，妳醉了。妳不能再喝了。七月把酒推給酒保，示意他收回。

不。我還要喝。我還要喝。安生撲倒在吧檯上。只有酒才能讓我溫暖。七月，妳以後當我死了吧，我不想再看到妳了。為什麼這麼多年我還會想起妳。可是我不願意再想妳了。我又要走了。我好累。我無法停止。安生大聲地叫起來。

七月含著淚奮力把安生拖出了酒吧。外面的風很冷，安生跪倒在地上開始嘔吐。她的玉墜子掉出胸口來，那根紅絲線已經變成了灰白色。在洗澡的時候，她都不肯把它取下來。

相見的唯一一個夜晚，安生因為喝醉睡得很熟。七月失眠卻無法和安生說話，只能一個人對著黑暗沉默。她們還是像小時候一樣，並肩睡在一起。可是安生再不會像以前那樣，撒嬌地摟著她，把頭埋在她懷裡，把手和腿放在她身上。安生把自己的身體緊緊地蜷縮起來。

整整六年。七月想。許許多多的深夜裡。安生在黑暗和孤獨中，已習慣了抱緊自己。她已經不再是那個會在七月的懷裡痛哭的少女。

二十三歲到二十四歲。七月畢業，分到銀行工作。安生離開了上海，繼續北上的漂泊。

家明畢業，留在西安做開發。

家明，你回來好不好。七月在電話裡對家明說。我們應該結婚了。

為什麼妳不能來西安呢。七月。

我只想過平淡的生活。家明。有你，有父母弟弟，有溫暖的家，有穩定的工作，有安定的生活。我不想漂泊。七月一邊說，一邊突然在電話裡哭了起來。

好了好了。七月，別這樣。家明馬上手忙腳亂的樣子。

你答應過我的，家明。我們要一直在一起不能分開。你忘記了嗎？

沒有忘記。家明沉默。我下個月專案就可以完成，然後我就回家來。

謝謝，家明。我知道這樣也許對你的發展會有影響。可是我們需要在一起。生活同樣會給我們回報。相信我，家明。

我相信妳，七月。家明在那裡停頓了一下。然後他說，七月，安生來看過我。

她好嗎？

她不好。很瘦很蒼白。她去敦煌，路過西安來看了我，匆匆就走了。

你能勸她回家來嗎？

我想不能，七月。好了，我掛了。家明掛掉了電話。

七月在銀行的工作空閒舒服。薪水福利也都很好，家人都很放心。就等著家明回家以後操辦婚禮。母親一天突然對七月提起安生。她說，那個女孩其實天分比妳高得多，七月。就是命不好。

母親一直很喜歡常賴在家裡蹭飯吃的安生。因為安生會說俏皮話，會恭維母親的菜做得好吃，對她撒嬌。七月也覺得，雖然自己長得比安生漂亮。但安生是風情萬種的女孩。

家明說，安生是一棵散發詭異濃郁芳香的植物，會開出讓人恐懼的迷離花朵。而七月，她想，她是幸福的。有時候她端著水杯，坐在中央空調的辦公室裡，眺望著窗外的暮色。想著下班以後，會有家明的電話，母親的蘿蔔燉排骨。她寧願自己變成一個神情越來越平淡安靜的女人。

有一次，一群來旅行的法國學生來營業大廳辦事。七月看到裡面一個紮麻花辮子的女孩，穿著一件粉色的汗衫。裡面沒有穿胸衣，露出胸部隱約的美好形狀。在這個小市民氣息濃郁的城市裡面，這樣的情景是不會發生在本地女孩身上的。但是安生一貫都這樣。就像十三歲的安生會踢掉鞋子，飛快地爬到樹上。她把她的手伸給七月，她說，七月，來啊。但七月不會爬樹。她仰著頭看著樹上鳥一樣的安生。也許她已經下意識地做出選擇。

她寧願讓安生獨自在樹上。一部分是無能為力。一部分是恐懼。還有一部分，是她知道自己要的是什麼。

秋天又快來臨。七月開始在中午休息的時候，約好同事去看婚紗的式樣。她們一家家地挑過去。七月撫摸著那些柔軟的綴滿蕾絲和珍珠的輕紗，心裡充滿甜蜜。可是家明沒有打來電話通知她回家的時間。甚至當她打電話過去的時候，那邊答覆她的只有電話錄音。

這麼多年，溫厚的家明從沒有讓七月這樣困惑和懷疑過。突然七月的心裡有了陰鬱的預感。她不斷地打電話過去，她想總有一天家明會來接這個電話。然後在一個深夜，她果然聽到電話那端家明低沉的聲音。他說，我是家明。

家明，你為什麼還不回家。七月問他。

七月，對不起。家明好像有點喝醉了，口齒不清地含糊地說，再給我一段時間。一點點時間。

家明，你在說什麼。

再給我一點點時間吧，七月。家明好像要哭出來了。然後電話斷了。

七月在那裡愣了好一會兒。這個男人。她十六歲的時候遇見他。她已經等了他八年了。而他，居然在答應結婚的前夕，提出來再給他時間。她不能失去他。七月當晚就向公司請了假，買了去西安的火車票。

七月，家明是有什麼事情了嗎？母親擔心地看著在收拾衣服的七月。

媽媽，我是要把家明帶回來。

七月上了火車。火車整日整夜在廣闊的田野上奔馳。這是七月第一次出遠門，她一直都生活在自己的城市裡。唯一的一次是去上海看望安生。可那也不遠。上海是附近的城市。一個人不需要離開自己家門，也未嘗不是一種幸福。七月聽到車廂裡天南地北的普通話聲音。她想，安生走了這麼遠又看到了什麼呢。就好像她爬到樹上看見的田野和小河，遠方的風景雖然美麗，卻都不是家園。

在上海的時候，安生喝醉了。哭叫著讓七月忘記她，不要再掛念她。她是想卸掉心裡最後一縷牽掛，獨自遠走嗎？七月把臉靠在玻璃窗上，輕輕地哭了。十七歲的時候，是她在火車站送安生徹底離開了這個城市。她瞭解安生的孤獨和貧乏。可是她能分給安生什麼呢？她一直無法解開這個問題。

在晃動的黑暗的車廂裡。不斷在七月的眼前閃過的，是一些記憶中的往事片段。安生在陽光下的笑臉。她說，我們去操場看看吧。散發著刺鼻清香的樟樹。安生在風中綻開的如花的白裙。安生動物般受傷的嗚咽。安生摔破的白色玉鐲子。她在駛出月臺的火車上探出身來揮手。安生寫來的字體幼稚的信。七月，我一個人騎著單車去郊外寫生。路很破，摔了一跤……

終於火車停靠在西安月臺。七月臉色蒼白地下了火車。她叫了車去家明的宿舍。她的心突然跳得很快。按著地址找到五樓，門是緊閉著的。七月敲門，沒有人應。現在是清晨八點啊，家明又會去哪裡呢。七月把行李包丟在一邊，抱著自己疼痛的頭，蹲了下去。然後似乎是聽到了家明的腳步。七月抬起頭。家明手裡拎著一包中藥走上樓來。身邊有個穿黑衣服，長髮披散的女孩。女孩靠在家明身上，臉貼著他的肩頭，無限嬌慵的樣子。

七月慢慢地站起來，她瞪大了眼睛看著家明。這一刻，她的腦子裡一片白茫茫的麻木。

七月。家明吃驚的聲音。女孩也轉過臉來。長髮從她的臉上滑落。漆黑的眼睛，高高的額頭，雪白的牙齒。不是安生又是誰呢。七月愣愣地跟著他們走進房間。她的行李還拎在手上。她一時回不過神來。家明的房間收拾得非常乾淨，桌子上有一個玻璃瓶，用清水養著馬蹄蓮。床上搭著一件睡衣。那是安生的。

家明早上陪我去醫院。我從敦煌回來，生病了。安生倒了一杯熱水給七月，她拿出香菸來抽。

七月把眼睛轉向家明。家明的眼睛沒有正視她。

家明，你不回家了？

七月，我不能回去。家明輕而堅定的聲音。

七月沉默著。恐懼和憤怒的感覺，讓她聽到自己輕輕的顫抖。她慢慢走到安生的面前。

她的眼淚流下來。安生，我不知道妳要的是什麼。我一直在問自己，我能把什麼東西拿出來和妳分享。

安生說，我愛家明。我想和他在一起。
七月凝固了全身的力量，重重地打了安生一個耳光。

安生。

深夜的大街上，七月聽到自己絕望的聲音在寒風中發出迴響。她走了太多的路，找了太多的地方。她在後悔和焦急中，覺得自己面臨著隨時的崩潰。她在路上蹲下來。家明把她抱起來，他說，七月，對不起。

家明，你愛的到底是安生還是我。為什麼你不告訴我。

家明沉默地抱住悲痛的七月。他只是緊緊地抱著她，不發一言。

安生是身無分文地跑出去的，她不會離開西安。她的性格也不會自殺，那麼她只有可能是又流落到酒吧裡面。他們一間一間地找過去，沒有。都沒有。

七月，妳先回去睡覺。我來找。家明說。

不，我要找到她。七月忍著淚。她清楚地看到自己的指印浮現在安生蒼白的臉上，還有安生眼睛裡的黑暗和絕望。她就這樣淡淡地笑著，然後推開門跑了出去。她不知道自己為什麼會這樣對安生，她甚至從來沒有對安生發過火。貧窮的安生沒有七月擁有的東西，少年的時候似乎這樣，長大後也一樣。

在商店的櫥窗前面，他們看到了安生。她沒有喝醉，她只是裹著外套蜷縮在臺階上，身邊散落遍地的菸灰和菸頭。

好冷。看到他們，安生淡淡地笑了笑。她看過去平靜而孤單。

回去吧，安生。七月不敢拉她的手，只能低著頭對她說話。

好，回去。安生扔掉菸頭。家明。她回頭低喚家明，家明，抱我回家。我冷得凍僵了。

家明把蜷縮成一團的安生抱在了懷裡。他的臉輕輕貼在安生冰涼的頭髮上。

安生第二天就昏迷發起高燒。因為酗酒和流浪，她的身體非常衰弱。家明把安生送進了醫院。七月準備回家。在候車室裡，七月和家明沉默地坐在那裡。

家明，你好好照顧安生。

我知道。

我很愛你，家明。七月淚光閃爍地看著這個男人。我想我以前是不是一直沒有告訴過你這句話。是的，妳從來沒有說過。家明的眼裡也有淚。他伸出手，把七月擁抱在懷裡。妳們都是這樣好的女孩，妳們好像是同一個人。

我回到家是十一月二十四日。我等你一個月，家明，我不會打任何電話給你。如果在一個月裡面你回來了，我們就結婚。如果你不回來，我們就緣盡到此。我不會對你有任何怨恨。

家明看著七月。七月的神情非常嚴肅。她說，家明，你好好地想一想。徹底地考慮清楚。我，還有安生。留在西安，還是回到家裡來。你的選擇只有一個。七月把自己手腕上套著的綠色玉石鐲子拿下來遞給家明。你先留著它，安生從小就知道我最喜歡的是什麼。我一直懷疑，其實她喜歡的是這個綠鐲子。

七月回到家，對母親沒有說具體的真相。只說家明在那邊還有事情要處理。七月每天仍然平心靜氣地去上班。她的心裡一直很痛。好像輕輕一個碰觸就會有酸澀的淚水滴落下來，但是她沉默地忍耐著。她從小就過著順暢平和的生活。這樣的打擊對她來說，已經很巨大。

可是七月想，她終於也有了一個成長的機會了。天氣一天比一天寒冷。北方應該已經大雪瀰漫了吧。她突然意識到自己真的是深愛著家明。她問自己，如果家明不回來，她是否可以重新認識一個男人，和他結婚。可是這似乎是難以想像的。從十六歲開始，她就習慣了家明的英俊和溫和。他身上乾淨的氣息。他溫暖的手。他硬硬的頭髮。不會再有一個男人這樣讓她愛得無能為力。

聖誕節快要到了。大街的商店櫥窗開始擺出聖誕老人和聖誕樹。用粉筆寫了美麗的花體字，Merry Christmas。七月下班以後，裹著大衣匆匆地在暮色和寒風中走過。街上的人群裡，有兩個讀國中的女孩，也是十三歲左右的年齡，親暱地牽著手，趴在櫥窗上看聖誕禮物。兩顆黑髮濃密的頭緊靠在一起。

一個女孩說，我好喜歡這個絨布小狗熊。

另一個說，我也很喜歡。

一個說，那我叫爸爸買來我們一起玩吧。

另一個說，好的。

七月想，絨布小狗熊能一起玩。那別的呢。如果她們遇到不能分享的東西，會不會反目成仇。少年的友情就像一隻蝴蝶一樣絢麗而盲目。可是安生，是她愛過的第一個人。

十二月二十四日的時候，家明沒有回來。

晚上同事叫七月一起去酒店參加聖誕晚會，吃飯，跳舞。七月同意了。她穿了新買的玫瑰紅的大衣和黑色靴子，化了濃妝。同事非常驚訝。平時一貫以乖乖女形象出現的七月，突然變得嫵媚熱情。銀行裡的一個同事，剛升上科長。是個憨厚能幹的男人，一直很喜歡七月。

那天晚上大家在一起，熱鬧地喝了點酒，七月也顯得很高興。他鼓足勇氣，仗著酒膽，走到七月面前請她跳舞。七月接受了他的邀請。這個男人的學歷品行家世都很好。只是剛過三十歲，已經有了啤酒肚，還戴著深度的近視眼鏡。他說，七月，聖誕節會放美國新的大片，到時我可以請妳去看嗎？

七月微笑著說，片名是什麼呢。她的眼前閃過家明英俊的笑容。她想，她還是要過下去的。平淡穩定的生活。即使換了個平淡的男人，也許一樣會幸福。

凌晨兩點左右，同事送七月回家。七月在離家門還有一段距離的時候就下車了。她想慢慢地走回去，讓暈痛的頭腦清醒一下。天空忽然下起小小的雪花。南方的冬天，常常就是這樣，突然就會有細碎溫柔的雪花飄落。七月閉上眼睛仰起頭，感受著冰涼的雪花在臉上迅速地融化成小水滴。她在寒風中張開手臂，輕輕地旋轉著身體。她想，聖誕老人你開始送禮物了嗎？你知道什麼才能讓我快樂嗎？

然後一個人突然抱住了她。七月沒有張開眼睛。因為她聞到了她熟悉的男人氣息。她還摸到了短短的硬的頭髮。那個寬厚的懷抱還是一樣的溫暖。

我買不到飛機票，只能坐火車回來。還算來得及嗎？七月。七月沒有說話。只是緊緊地，緊緊地把臉貼在那傳出心跳的胸口上。

二十五歲的春天，七月嫁給了家明。他們舉行了簡單的婚禮。七月終於穿上了潔白的婚紗。只是結婚的那天下起了冰涼的細雨。紛紛揚揚的，像滴淌不盡的眼淚。七月穿著的白緞子鞋在下轎車的時候，一腳踩進了水窪裡。滿地都是飄落的粉白的櫻花花瓣。

婚後平淡安寧的生活，一如七月以前的想像和計畫。家明自己開了一間軟體開發公司，事業順利。同時又是顧家而體貼的好男人。母親心疼七月，叫他們晚上不要自己做飯，一起回家來吃。七月也喜歡回母親家裡。一大家子的人，熱鬧地吃飯。親情的溫暖滿滿地包圍在身邊。

家明沒有多說安生的情況。只說她病癒後，去了北京。然後和她在上海認識的一個房地產老闆，一起去了加拿大。那個可以做她父親的中年男人。七月還記得安生回應他的搭訕的時候，那種冷漠的神情。可是她想，她已經做了自己的讓步。這些選擇都是家明和安生做的。

她喜歡被選擇的結果。這樣心裡可以少一些負累。七月和家明之間，從此小心地避開安生這個話題。可是七月還是想念安生。

一天深夜，下著大雨。七月突然從睡夢中驚醒。她坐起來翻身下床。家明也受驚醒來，在黑暗中問七月，幹什麼去，七月。

有人在敲門。家明。

沒人啊。根本沒有敲門。

真的。我聽到聲音的。七月走出去，急切地打開門。吹進來的是空蕩蕩的冷風，外面下著大雨。七月頭斜靠在門框上，呆呆地發愣。她沒有告訴家明。她想起的是少年時走投無路的孤獨的安生。渾身溼透的安生，抱著雙臂靠在門口，面無表情地對七月說，她走了。在那個夜晚，安生唯一的親人離開了她。

七月突然有預感，安生要回來了。

秋天的時候，一封來自加拿大的信飄落在七月的手中。安生孩子般稚氣的字體沒有絲毫改變。她說，七月，這裡的秋天很寒冷。我的舊病又有復發的預兆。最重要的事情是我懷孕了。那個男人不想再和我在一起。可是我不想失去孩子，因為這是家明的孩子。家明看著七月。七月沉默。這樣的沉默她維持了三天。

然後在一個夜晚，她回到家說，她給安生發了回信，叫安生回家來。七月說，她這樣在國外會病死和餓死。

家明說，七月，對不起。

七月搖搖頭。沒有對錯的，家明。以後不要再說這句話。我一直想知道你回來是自己做的選擇還是安生做的選擇。

家明說，我不想回答這個問題。

七月在下雨的夜晚去機場接機。家明加班。從北京飛過來的班機延遲了，七月等了很久。

然後出口處終於出現了湧出來的人群。七月拿著傘等在那裡。她看到了安生。安生拎著簡單的行李，穿黑色的大衣。身體有些臃腫。一頭長髮已經剪掉。短頭髮亂亂的，更加顯出臉部的蒼白和消瘦。只有眼睛還是漆黑明亮的。

她看到七月，臉上露出淡淡的微笑。Hi，七月。

安生。七月跑過去，抱住安生。她的眼淚掉下來。安生，回家來。回家來了。是。回家來了。安生把臉貼在七月的脖子上。她的臉是冰涼的。兩個人在空曠的機場大廳裡擁抱在一起。距離安生十七歲離家出走。整整是八年。

安生在七月家裡住了下來。母親不知道安生懷的是家明的孩子，所以對安生還是非常好。七月和家明決定對任何人保守祕密。安生先進醫院看病。為了孩子，她已經戒掉了多年沉溺其中的菸和酒。七月每天給她煮滋補的中藥，房間裡總是瀰漫著草藥的氣味。

安生空閒在家裡，種了很多花草。有時候一個人坐在露臺的陽光下，可以安靜地坐上很久。家明走過去給她一杯熱牛奶。她就對家明微笑著說，謝謝。家明無言，只是用手輕輕揉她的短髮。

然後有一天，安生告訴七月，她在寫作。她一直堅持在寫作。一個字一個字地寫在稿紙上。安生說，我不知道這本書會不會出版。我也沒抱熱切的期望。可是我想我可以留下一些什麼。我本身已經是貧乏的人。

七月說，妳寫的是什麼內容。

安生說，流浪、愛，和宿命。一個月後，她把厚厚的一堆稿子寄給了出版社。

安生的身體越來越臃腫，只能讓七月幫她洗澡。安生從來不摘下脖子上那塊破掉的玉牌，因為戴得太久，絲線都快爛了。少年時她們也曾一起洗澡，那時的身體是潔白如花的，純淨得沒有任何疤痕。可現在安生的身體已經完全變形。背上，胸口上有許多菸頭留下的燙痕，手腕上還有支離破碎的割腕留下的刀疤。七月不問。只是輕輕地用清水沖過它們。

安生聽到七月緊張的呼吸聲，就笑著說，看著很可怕是嗎？我走之前就知道，這具身體以後會傷痕累累。我以前一直厭惡它，直想虐待它，摧殘它。因為我不明白我為什麼不可以做七月，卻只能做安生。七月有很多東西，但是她無法給我。安生什麼都沒有，始終也無法得到。

一直到現在，我終於知道自己可以蛻變了。像一條蛇，可以蛻殼。新的生命會出來。鮮活潔淨的肉體和靈魂。全新的，而舊的就可以腐爛。我非常感激，家明給了我新的生命。七月。他是我們愛的男人。我愛妳。七月。

她們回到母校的操場去散步。有樟樹的地方已經蓋起了一幢新的樓。安生說，這裡曾經有刺鼻的清香。她閉上眼睛深深呼吸了一下，似乎依然站在濃密的樹蔭下面。可是她已不再是那個穿著白裙子的光腳的女孩，會輕靈地爬上高高的樹杈。舊日時光早已一去不復返，只有鐵軌還在，穿過田野通向蒼茫的遠方。

安生說，小時候我非常想知道它能通向何方。現在我終於知道了。原來它並沒有盡頭。

安生被送進醫院的那個夜晚，已經是南方寒冷的冬天。她的胎位有問題，事態變得嚴重。醫院走廊空蕩蕩的，不時響起忙亂的腳步聲。七月坐在冰涼的木椅子上，交握著自己的手指，心裡很緊張。她聽到安生的慘叫。她突然覺得安生會死掉。當安生被醫生抱上推車，準備送進產房的時候，她猛撲了上去不肯放手。

安生，妳一定要好好的。七月的手捂住安生蒼白的臉。安生的頭髮因為浸泡在汗水和眼淚裡面，閃爍著潮溼的光澤。安生側過臉輕聲地說，我感覺我快死了，七月。

不會。安生。一定要把家明的孩子生下來。妳這樣愛他。

是。我愛家明。我真的愛他。安生的眼淚順著眼角往下淌。只是我不知道生下孩子是繼續漂泊，還是能夠停留下來。我真的不知道。我已經無法再傷害妳，七月。我是妳這一生最應該感到後悔的決定。當我問妳去不去操場。妳不應該跟著我走。

第一次，七月看到安生明亮的眼睛開始黯淡下去。像一隻鳥輕輕地收攏了牠的翅膀，疲倦而陰暗的，已經聽不到凜冽的風聲。

我覺得自己的罪太深，判決的時候到了。安生的眼睛緩緩地轉向玻璃窗。黑暗的夜空，迴旋著冷風。安生低聲地自語，不知道永遠到底有多遠。我一直無法知道。她的神志有些模糊了。那一個夜晚，我對他說，我要走了。因為我愛他，所以我要為他漂泊到老，漂泊到死，不再回來。他把他的玉牌送給我，他說，我的靈魂在上面，跟著妳走。可是太累了，我走不動了。安生的臉上浮出淡淡的微笑。

凌晨的時候，安生產下一個女嬰。因難產而去世。

七月二十六歲的時候，有了收養的女兒。她給安生的孩子取名叫小安。她相信這是新的安生。就像安生說的那樣，是鮮活潔淨的靈魂和肉體。而舊的軀殼就可以腐爛。小安有一雙漆黑明亮的眼睛。七月把她抱到家明的家裡去，家明的母親非常喜歡。

她抱著小嬰兒說，應該送禮物給小寶貝啊。家明，你從小戴的那塊玉牌呢。雖然破了一角，但是可以用來辟邪。家明和七月都裝作沒聽到。那塊玉牌隨安生一起火葬了。

七月總是憨憨的樣子。有時候不知道真相，不瞭解本質的人，是快樂的。而能夠假裝不知道真相，不瞭解本質的人，卻是幸福的。只有一些人例外。比如家明在酒吧邂逅的那個十六歲的女孩。她透過喧囂的音樂和煙霧，笑著對他說，家明，你的眼睛好明亮。這樣的女孩直指人心。但是她不告訴他，她喜歡的是綠鐲子還是白鐲子。

在幽深山谷的寺廟裡，他們看著佛像。她坐在他的身後，輕輕地問他，祂們知道我喜歡你嗎？他轉過身看著她。她踮起腳親吻他，在陰冷的殿堂，陽光和風無聲地在空蕩蕩的屋簷穿行。那一刻，幸福被摧毀得灰飛煙滅。生命變成一場背負著洶湧情慾和罪惡感的漫無盡期的放逐。

半年以後，安生的書出版。書名是《七月與安生》。七月和家明過著平淡的生活。他們沒有再要孩子。

煙火夜

「1」如果時間倒退五年

如果時間倒退五年。我覺得應該按照自己最初的決定，去報考幼兒師範。做一個幼稚園老師，每天和那些柔軟透明的小生物在一起。他們無邪的笑容像陽光一樣純粹。他們清澈的眼神像雪山一樣遙遠。我要在他們躺在綠色的小木床上午睡的時候，一個人坐在窗臺邊的地板上，看櫻花樹在風中擺動。黃昏的雨天，最後一個孩子被母親接走，然後在空蕩蕩的教室裡彈鋼琴。可以在一個小城市裡，一直這樣平靜地生活下去。我要嫁給那個高大英俊的男人，他的睫毛就像華麗而傷感的威尼斯。我們曾經相愛。我要在他的身邊，不離開他，告訴他，我願意和他相守到老。

Rose在E-mail裡要我用兩百字寫一篇〈倒退五年〉，在半小時之內發給她。她常有諸如此類的要求，因為她是我的編輯。我所有的小說都交由她處理，然後每個月去郵局支取她的雜誌社寄給我的稿費，用以維持生活。這些錢可以繳付房租，水電瓦斯和電話網路費用。每週一次去超市採購，在冰箱裡放上脫脂牛奶，新鮮柳橙汁，燕麥，蘋果，新鮮蔬菜和雞肉……還有出去逛街泡吧，在咖啡店裡喝雙份 Espresso，給自己買新款香水和粗布褲子。

Rose 在北京。我在上海。我們一直以 E-mail 聯絡，從未見面或致電。我不知道她的性別，只能暫時認定她為女性。也不知道她是否比我年輕，但這些都已經不重要。有時候身邊很多熟悉的人，他們卻只如空氣般的存在。

請看她在我發出 E-mail 五分鐘之後給我的回覆。親愛的 Vivian，我如此依賴妳，妳好像在我隔壁辦公，而且從不曾讓我失望。

我微笑。此時已過深夜十一點，別人看完電視，許是打著哈欠洗臉刷牙準備上床。而我一天的工作，剛剛開場。窗外的天很藍很深，五月的夜風清涼裡面已經有醺然的暖意。光著腳坐在大藤椅上，一杯泡得濃黑的咖啡，紅雙喜的特醇香菸，還有空白的電腦文檔。我的工作就是在寂靜的空氣裡，聽著自己的手指敲擊在鍵盤上，直到把眼前的那一面空白用黑字填滿。

我是以賣字為生的女子。在我二十五歲的時候。

如果時間倒退五年，也許依然只能如此。

「2」遇見絹生純屬偶然

很多女子的二十五歲，應該會有一個自己的家。即使是小小的家，只要放得下自己的一櫥衣服和從小抱著睡的枕頭，也會心安。有一個男人。臨睡之前他的手指撫摸在她的頭髮上，可以聞著他脖子皮膚上的味道閉上眼睛。還會有一個孩子。從此這顆心就放在了身外，跟著另一個人晃晃悠悠。

而我的二十五歲。我單身。靠著一臺電腦和數位雜誌編輯的電子信箱生活，並養了一缸熱帶魚。那些美麗的小魚，牠們睡覺的時候也睜著眼睛。不需要愛情，亦從不哭泣。牠們是我的榜樣。

Rose偶爾在E-mail裡對我說，親愛的Vivian，為什麼妳的小說總是以分離告終，雖然我喜歡妳的文章，但依然困惑不已……我給她回信，親愛的Rose，那是因為我曾經被很多男人欺騙，遭受種種劫難，心如死灰……一邊打字與她調侃，一邊笑著撫摸自己裸露在空氣裡的冰涼腳趾。

愛情，那是很遙遠的事情了。十五歲的時候，和班裡的男生戀愛。純純的戀情。

冬天的黃昏，在自己的房間裡，看著他的手笨拙地伸入到胸前，他的呼吸有檸檬的清香。還有他喀答喀答響的舊單車，坐在前面的橫槓上，他的嘴唇輕輕貼在頭髮上。美麗的諾言讓人看到海枯石爛……

十年過去，如果再對愛情歡天喜地，執迷不悟，那才叫可怕。

我想我的生活估計是到不了頭。

我所要的，只是一個人。能在我睡覺的時候，輕輕撫摸我的膝蓋，把我蜷縮起來的身體扳直。如果沒有，那麼一切繼續。雖然有時候我恐懼白雪茫茫般空洞的生活到不了頭。直到我遇見絹生。

遇見絹生純屬偶然，但非虛構。虛構是我文字裡的概念，如果沒有虛構，我就無法得到食物和住所，無法像任何一個正常的路人，行走在城市高樓聳立的大街上，即使不躊躇滿志，也可以心定氣閒。

我喜歡城市的陽光透過汙濁空氣和陰冷樓縫，輕輕撫摸在臉上。我喜歡在吃完一頓豐富的晚餐以後，想起還可以去哈根達斯買一杯瑞士杏仁香草冰淇淋。自然有時我的生活也會變得糟糕，比如在這三個月裡，一共抽掉三十包紅雙喜，平均三天一包菸。由於買菸的地點雜亂，常常抽到假菸。假菸帶來的災難是頭痛和嘔吐。可是獨自在深夜的時候，它像一場往事，讓人鎮靜，並帶來氾濫。逛了八十次街。每天下午醒來，在深夜之前的這段空白，時間必須大量揮霍。坐車到陝西路，然後步行至淮海路。有時候只是坐在太平洋前面的石階上，看著陌生人走來走去。在 Starbucks 買咖啡。然後往回走。

泡吧五十次。有兩次因為爛醉而爬到桌子上。五次被人拖上計程車送回家。

約會過十個男人。無疾而終。

賣力地寫作。寫了四十萬個字，賣掉三十萬個字。

吃掉鎮靜劑三瓶。

從冬天開始，我的生活就是這樣。

春天到來的時候，我覺得應該找個人同居。僅僅是想更溫暖地生活，迎接這個美好的季節。因為我要努力寫稿，爭取得到更多的享受，包括我嚮往已久的去越南和泰國的旅行。或者還可以更遠一點，印度或者埃及。我的地點和其他人有所不同。

我決定搬到離市區較近的地方。我在網路上登了一則徵求室友的廣告。我們可以分擔費用。失眠的時候還能找到一個人說話，即使僅僅是聽到彼此發出的聲音。萬籟俱寂，彷彿失聰。可是我有因為獨處而過分靈敏的聽覺。臥室分開。客廳，廚房和廁所共用。我留下自己的 E-mail 和電話號碼。三天以後收到回音十條。只有一條是對方打電話過來。

妳好，Vivian，我是絹生。她說。她的聲音彷彿十六歲少女一樣的清純。外省人。在一家德國電器公司做事。

我記得我們的對話是這樣的。我說，妳現在住哪裡。

北京西路。

那裡地段很好。

但是晚上找不到水果攤和有熱魚丸出售的小超市。

我會尊重妳的自由。包括養寵物或者男人。

前者我沒有時間，後者我沒有機會。她笑。

這是我喜歡的女子。聰明又流轉，說話簡潔至極。我們決定一起去看房子，房子的主人是一個老教授，準備去德國兩年，所以想把房子租出去。我們約在北京西路。

「3」時間不會走了

那天下雨，陰冷潮溼。春天纏綿的雨季，使本來已經汙濁不堪的城市空氣更加黏稠。我早到二十分鐘，獨自站在大廈門口避雨。作為高級的辦公大樓，裡面匯聚多家著名的集團公司。現在已到下班時間，旋轉門不斷有人進出。很多人衣冠楚楚，然而神情困頓。我已經過了很多年沒有工作的生活，不太清楚工作的意義和目的。

十八歲的時候我去街頭冷飲店打工，每天夜晚工作三個小時，推銷冰淇淋兼收錢送貨，月底能拿到幾百塊錢。迫不及待地去買看了整整一個夏天的碎花裙子……畢業以後，進入大機構。很快辭職。從此不再有工作。多年的無業生涯，很快使我變成一個邋遢的女子。神情時而委靡時而激越無比。

絹生出來的時候，懷裡抱著一盆綠色的羊齒植物。她很瘦，眼睛漆黑。神情冷淡的時候像滄桑的婦人，笑起來則變成甜美的孩子。大抵只有內心純真而又經歷坎坷的人，才會如此。她只穿錦緞的暗紅牡丹短旗袍，下面是破洞的牛仔褲和褐色麂皮靴子。她的名貴靴子一腳就踏進了泥濘裡面。

平時喜歡養花？

不。今天在花市看到，非常喜歡，所以想買下來。她從包裡拿出一盒菸。她說，妳抽菸嗎？我看到她手裡的菸，是一盒紅雙喜。八塊錢的特醇。我笑。兩個人互相低著頭點燃了菸。她手裡的綠色大葉子輕輕碰在我的皮膚上。

是在接下來的一秒鐘。我剛剛直起身體，吐出第一口煙的時候。那個男人突然掉落下來。他沒有任何聲音地隨著犀利的風速下滑，撞擊在前面停留計程車的寬敞空地上。就像一只沉重的米袋子。爆裂的是他的腦殼，白色的紅色的液體混雜在一起飛濺。雨下得不大，他的白色襯衫被泥水包裹。

我驚叫一聲。絹生的手迅速地控制住我的肩，一把將我拉到後面。我們目睹了此後的過程。警衛報警，員警封鎖現場，眾人圍觀。死者是某廣告公司的副經理。那個男人因為涉嫌賄賂和貪汙，已經被調查了一段時間。絹生和我坐在臺階上，看著那具破碎的屍體被裝進黑色的塑膠袋裡拖走。

他的一只鞋子還在那裡。絹生說。一只黑色的男式皮鞋，孤零零地掉在花壇偏僻的角落裡。不知道他在喪失思維之前，是否會後悔自己穿著鞋子。如果光腳的話，去天堂的路途會走得比較輕鬆。她說。

我不明白她為什麼會笑。這樣詭異的笑容。我記得那個男人的臉，是像突然伸過來的手一樣，出現在我們面前。他的眼睛睜開著。空白的眼睛。

妳害怕死亡嗎？她看著我。小時候，家裡死人，我站在棺材旁邊看，不明白一切為什麼可以這樣完美地停頓。手指不會動了，眼淚不會流了，時間不會走了。

「4」有些人的生命是有陰影的

我們租下的那套老房子很陳舊。房間光線陰暗，前後院子裡種了大片茂盛的橘子樹，葉子暗綠得發亮。還有鳶尾，雛菊和玫瑰。絹生把她的羊齒放在廁所的窗臺上。那盆小植物長得很野性。廁所鋪潔白的馬賽克，雖然狹小但是乾淨。可以在裡面喝酒，發呆，洗澡的時候收聽音樂。露臺的鐵欄杆已經完全發鏽。有一張厚重的紅木雕花書桌，手撫摩上面冰涼光滑，散發微微的木頭清香。

我的同居夥伴。深夜她光腳在地板上走來走去，散亂著海藻般的黑色長髮，溼溼的脖子。像在地穴裡穿行的寄生昆蟲。當我在電腦前抽菸和寫作的時候，她坐在地板上看卡夫卡。

週末深夜，擠到我床上，一起看電視的經典黑白老片重播。然後喝威士忌加冰塊，配紐西蘭起司。常常會看得流淚，紅著眼睛在那裡抽泣。電影打出End，於是她狠狠咒罵一句，憤然地進廁所洗臉。

她是那種會把手指甲剪得短而乾淨的女子。喜歡奢華的黑色蕾絲內衣。並且果然是沒有寵物和男人。

一早起床。洗澡，在衣櫥裡選衣服。她的衣服排列在薰衣草的芳香裡，絲緞，純棉，細麻，麂皮等所有昂貴而難以服侍的天然料子，顏色大部分為黑，白，暗玫瑰紅。細細的蕾絲花邊，精緻的手工刺繡，大紅大綠的民俗風情。

她的生活極盡奢華。但我知道這裡面的缺陷。這所有的一切，都是她以自己的工作獲得。

一個沒有男人可以依靠的女人。公司裡的工作忙碌，常日夜顛倒地加班。有時候打電話過去，話筒裡始終是雜亂的聲音，電腦，電話，傳真，印表機……每天喝泡得濃黑的咖啡來維持睡眠不足的體力。商業社會，不進則退，一旦失去被利用的價值，就是淪落。絹生在銷售界的名聲剛剛有好的開始。我相信這是她以天分獲得，她是散漫的人，性情純真然而並無上進心。

我曾去參加過她公司的慶祝酒會。絹生的銷售業績做得如此之好，眾人均過來和她招呼寒暄。她端著酒杯站在她的外籍老闆旁邊，穿黑色絲綢長裙，肩上的細吊帶均為水鑽，長髮柔滑，胸前別一小束風信子。我看著她在人群裡得體地微笑，身體微微有些僵直。可是她是能夠控制自己的。我知道。這是她的外殼，她柔軟純白的靈魂躲藏在裡面，小心翼翼地爬行。

半夜她回家。踢掉鞋子先開始洗澡，在廁所裡一泡就是幾個小時，香薰沐浴，看小說，聽收音機，不亦樂乎。這是絹生放鬆的時候。我亦知道她在公司為工作和同事爭辯，回來後因氣憤胸痛難忍。

有時候獨自衣錦夜行，塗發亮的唇膏，抹了蘭蔻的香水，花枝招展地出去。快凌晨的時候回來。手裡拿著從超市買來的威士忌和大塊起司。卸妝，洗澡，穿著內衣半夜看舊片，一個人坐在陰影裡，對著威士忌和香菸。長長的頭髮披瀉在胸前，眼神疲倦。

大部分人的生活未必像我這樣目的明確，因為我知道如果不寫作就無法生存。而絹生，她是可以有選擇的機會。自然她也曾對我說起那些和她在一起的男人。她與他們吃飯，跳舞，看電影，深夜回家，卻始終只有一個人。

她從不帶男人回家或在外留宿。亦不要他們買東西給她。吃飯也要堅持ＡＡ制。因為不愛，所以分得很清楚。

為什麼妳似乎不是很快樂呢。我問。

他們想玩的，我未必想奉陪。我想玩的，他們又玩不起。

玩不起嗎？

比如諾言，比如責任，這是比金錢更奢侈的東西。她笑。我是很傳統的女人，

Vivian，我要一個男人養我，然後我給他做飯洗衣服生孩子。就跟所有中國女人做的事情一樣。

誰要養妳，買條裙子就要一千塊錢。

那是我花自己的錢。如果他養我，扯塊棉布自己做就行。

這未必能讓妳感覺安全，絹生。

我現在的感覺更不安全，她說。

談話結束。絹生獨自坐在黑暗裡，繼續看片子，喝酒，抽菸，她可以把這樣的狀態持續到凌晨天亮，然後穿上衣服和鞋子，攔計程車去公司上班。一個失眠的女子，若無其事地出現在公司裡，冷靜地開始她一天的工作，和同事開會，討論，打電話，應對……

半夜她放王菲的〈但願人長久〉，這樣哀怨的靡靡之音，蘇軾的詞在王菲的唱腔裡讓人聽著難受。她走來走去，哼著裡面的句子，一邊輕輕撫摸自己的長髮。

我從來未曾把絹生當作普通的女孩。有些人的生命是有陰影的。

「5」我在等待著什麼

七月，絹生去北京參加會議。

整個夏天是我的休眠期，每天除了睡覺和晚上去酒吧，沒有辦法寫超過兩千以上的字。

Rose 來信催我，親愛的 Vivian，我想念妳的故事，但願妳不要從我的隔壁辦公室搬走……我微笑。那天，我看到自己開始掉頭髮。在廁所的瓷磚上，看到大團大團的黑色頭髮，糾纏在一起。我蹲在地上玩了一會兒頭髮，發現自己的心裡很冷靜。

在絹生去北京的這段時間裡，我要服食比平時多一倍的鎮靜劑才能入睡。可是副作用也很明顯，頭暈，出現幻覺。開著空調的房間裡，我覺得自己血液的流速開始變得緩慢。黑暗中，萬籟俱寂，我痛恨這種失明失聰般的包圍。我躺在床上觀望著自己的痛恨。

如果我的背後有一個男人。我希望他撫摸我睡覺時蜷縮起來的膝蓋。用溫暖的手指，一寸一寸地撫摸我，把我冰冷的身體扳直。我蜷縮得像回到母親子宮的胎兒……

我害怕自己的身體以扭曲的姿勢僵硬。他要完全地占據我。這樣我才能安全。

我的眼睛開始出現一團一團的陰影。然後是那個男人。那個墜落下來的男人，他的身體發出犀利的風的聲音。白色的紅色的液體四處飛濺。他腳上的鞋子不見了。

那個晚上，我去了熟悉的酒吧。白色的木樓，昏暗的淡黃燈光，煙霧瀰漫。我穿黑色的吊帶裙子，趴在吧檯上抽菸。凌晨一、兩點左右，樂隊開始唱非常老的英文歌。小小的舞池卻已經空無一人。我跳下高腳凳子想去洗手間，絲絨的細跟涼鞋扭了一下，這雙漂亮的高跟鞋是絹生的。我踢掉了它們。

在洗手間的鏡子裡，我看到自己醺然的臉，紅得像一朵薔薇。我想，我在等著誰呢。在鏡子裡看到自己的笑容，還是甜美。在狹窄的走廊上，靠在牆壁上抽菸。一個男人走過來，說，妳好。他有亞麻色的頭髮，他的睫毛長長地翹起來。他身上有濃重而渾濁的香水味道。

你的中文很好。我醉眼惺忪地看著他。

我在上海待了四年。他笑。妳的鞋子，不應該扔掉。他的手裡拎著我踢掉的那兩只高跟鞋。我不說話。我頭痛欲裂。我只能對著他笑。他的身體靠近過來，他說，妳不舒服嗎……

他的手這樣大，燙的，撫摸在我的臉上。

我說，謝謝。我喝多了一點酒。我可以想像自己的樣子。沒有化妝的臉因為失眠和抽菸憔悴不堪。頭髮潮溼凌亂，像海底的藻類。皮膚粗糙，看過去疲倦而邋遢。一個臉色蒼白的東方女子。我仰起臉看著天花板，那上面有模糊的光線在飄浮。我在等待著什麼。我問自己。

他從西裝口袋裡掏出一小塊巧克力。他說，巧克力是會帶來愉快的食物。

我當著他的面剝掉錫紙，把甜膩柔滑的巧克力放入脣間。他微笑。他笑起來的樣子，讓我感覺到他應該已經過了三十五歲。

他拉住我的手，帶我走出地下室。我們在大街上攔計程車。刺眼的路燈光讓我安靜下來。我看著這個洋人。他的臉是歐洲人沉著的輪廓，他的眼睛是褐色的。他說，我送妳回家。

他給了我他的名片。John，愛爾蘭人。

妳光著腳的樣子，像從天堂匆忙地逃下來的天使。他微笑。

在中國古老的傳說裡，天上的仙女逃下來是為了給她心愛的男人做妻子，和他生活在一起。我說。

妳依然可以這樣做，只要妳快樂。

他輕輕地親吻了一下我的頭髮，然後轉身離開。

「6」幸福只是瞬間的片段

客廳裡放著旅行箱。絹生回來了，但是她的房門緊閉。我輕輕叩門，絹生，絹生。她在裡面溫柔地應聲，我累了，我們明天再敘。我在房間裡輾轉反側。一直聽到客廳的聲音持續不斷。在煮食物，在倒啤酒，在開熱水器放熱水，在找毛巾……只是沒有說話的聲音。但我知道，絹生今天有客人。她第一次，帶了一個人回家。

半夜下起非常大的雨，整個城市淹沒在雨聲中。我用毯子裹緊自己，用清水吞服下鎮靜劑。

凌晨的時候我作夢，夢到那個墜落的男人。他像一隻鳥一樣，張開手臂從空中緩緩地，緩緩地飛落下來……然後砰地摔在我的面前。他的臉卻是絹生。我驚醒過來，心跳急速。看看鬧鐘，是凌晨三點。走到客廳，看到絹生坐在客廳的窗臺上，看著深藍的天空在默默抽菸。

她穿著黑色的內衣，頭髮披散在胸前，臉上有淚，眼睛裡卻有笑容。

絹生，他走了嗎？

不，還在睡覺。她微笑，看著我。Vivian，過來讓我擁抱妳。她的語調非常平靜。我們擁抱在一起。

我說，妳去休息，絹生。但是她擺出了長談的姿勢，她在這一刻有傾訴的好心情。她從未曾向我披露關於這段往事的細節，但這一刻，她眼角快樂的眼淚，不停地流瀉下來。她的聲音輕輕的，似乎不忍打破幻覺。

認識他的時候，那年冬天的上海提前下雪。我們走出餐廳準備去酒吧，天下起大雪，細碎的雪花在暗淡的路燈光下飛旋，一片一片，輕輕跌碎在臉上。寒風刺骨。是那年冬天最寒冷的一個夜晚。我對他說，下雪了。我的手指拉住他的黑色外套，他低下頭對我微笑。那時我們相見僅三個小時。三個小時裡面，我知道我會跟著他走。而那一天我只是順道來看看他。

絹生嘆息，然後拿起杯子喝酒。她的眼淚輕輕地滴在酒杯裡。

我說，緣分叵測，我們無從得知下一刻會發生一些什麼。

是為了他才來到這個石頭森林的城市。他在電話裡對她說，我會對妳好，一直不離開妳。男人的諾言，也就只能說到這個地步。告別的時候，每次他都輕輕說，晚安，絹生。低沉的嗓音有無限宛轉，她在枕頭上竟發現自己滿眼是淚。為這樣一個男人。一個沒有職業卻有六年同居史的男人。而之前，他們都是同樣過著混亂生活，習慣了拒絕和逃避的人。

在這個城市裡，不認識任何人，只有他。他是要她的。因為要她，把她帶入他的家庭。

那一個晚上她在他的家裡住下。在他的房間。她聽到他在客廳裡關燈的聲音，然後他推開門進來。他的頭髮是溼的，他掀起被子靠近她身邊。然後他說，讓我抱抱妳。

如果有過幸福。幸福只是瞬間的片段，一小段一小段。房間裡的黑暗就猶如大海。童年的時候她和父母一起坐船去海島，夜晚的船在風浪裡顛簸，她躺在小小的鋪位上感覺自己隨著潮水漂向世界的盡頭。而那一刻，世界是不存在的。只有他和她兩個人。他們相愛。

她記得。他的手撫摩在她的皮膚上的溫情。他的親吻像鳥群在天空掠過。他在她身體裡面的暴戾和放縱。他入睡時候的樣子充滿純真。她記得。清晨她醒過來的一刻，他在她的身邊。她睜著眼睛，看曙光透過窗簾一點一點地照射進來。她的心裡因為幸福而疼痛。

她記得。

「7」也許他是不愛我

絹生的手臂開始發涼。我讓她進去睡覺。她看過去平靜如水，和以往的脆弱有很大的區別。我想著他們奇異的關係，既然彼此相愛，為什麼絹生獨自生活了這麼久。那個男人又在何處。

早上我見到這個男人。絹生在廚房裡做飯，她一早出去買了螃蟹和蝦。那個男人坐在客廳裡看VCD，是港片。他穿著棉T恤，身材高大，留長髮。

我看絹生，她穿著簡單的棉布襯衫和牛仔褲，頭髮乾淨地綁起來，很專注地站在廚房裡洗菜。她說，今天一起在家裡吃飯吧。

不，我有事情，得出去。我說。我想還是讓她多一些時間和他相處。可以去圖書館一趟。

在這裡吃吧。他對我說話。他的聲音低沉，但表情還是非常有禮貌。他的嘴唇長得這麼好看，好像天生是用來接吻和戀愛的。多情的線條。眉毛濃密。但他給我的感

她不作聲。

絹生，何苦如此作踐自己。身邊這麼多男人喜歡妳，有些比他好得多。

我現在已經無法相信身邊的男人。我亦不喜歡拋頭露面和爾虞我詐的商業。我很疲倦。不願意做女強人。

妳需要有人陪伴妳。絹生。下班以後接妳吃飯，偶爾一起看電影在大街上散步，難過的時候幫妳擦眼淚，失眠的時候撫摸妳。能給妳家庭，能讓妳生孩子在家安心做飯洗衣服。妳一直挑剔妳身邊的男人，沒有想過他們也許可以帶來溫暖。

不。我不挑剔。我只是清楚。清楚這個城市因為生存的不容易，太多曖昧的感情。但是沒有任何用處。她低聲說。

所以妳寧可相信他。僅僅因為他認識妳的時候，妳是身無分文，沒有任何名利圍繞的女子。僅僅因為他給過妳溫暖的瞬間。但這個男人只能給妳這麼一刻，如此而已。

我不屑地冷笑。她看著我，她的嘴脣在微微顫抖，但是她依然在微笑。

我一直在想我的未來，能否有一個小小的酒吧，聊以謀生，然後有我愛的男人，在舞池那端沉默地喝著一杯白蘭地，等著我們熟悉的音樂響起，可以邀我共舞……抑或身邊有四、五個孩子纏繞，每天早上排著隊等我給他們煮牛奶……

她的眼淚輕輕地掉落下來，撫摸著自己的肩頭，寂寥的眼神是褪掉繁華和名利帶給的空洞安慰，她只是一個一無所有的女子。不愛任何人，也不相信有人會愛她。我走過去擁抱她。她抓住我的衣服，把臉深深地埋進去，雙肩聳動。

我說，絹生，我一直依靠酒精，香菸，寫作，鎮靜劑在生活，因為我要生活下去。即使我感覺空洞，但我卻要活下去。任何東西都可被替代。愛情，往事，記憶，失望，時間……都可以被替代。但是妳不能無力自拔。

「10」還在這裡等你

當日我發新的小說給Rose，在E-mail裡忍不住感嘆：親愛的Rose，我覺得分離並不是愛情的終局，絕望才是。為什麼對有些人來說，愛情是她生命裡最重要的支柱，而事業理想物質僅僅是一個陪襯，難道後者不是比前者穩定得多嗎？比如我明白，愛情是我手裡的一塊泥土，我揉捏它只為換成生活的物質，所以我選擇用寫愛情小說來維持生存。

Rose回信，親愛的Vivian，那類人看穿生命的本質，選擇虛無的愛情做安慰，因為不可擁有，他們的痛苦和快樂依存於此，才能繼續。旁人無法瞭解。最忌諱的一件事情是，不要去勸導他們。因為已無必要。

他不在的日子裡，絹生稍微平靜。有時相約一起吃晚餐。通常是在絹生公司附近的日本料理店。她常常獨自在那裡吃晚餐。如果是兩個人，會點一壺松竹梅，一大盤生魚片。習慣蘸上很濃的芥末，當辛辣的氣味嗆進鼻子裡，感覺被窒息的快感。而清酒是這樣通透的液體，可以讓人的皮膚和胃溫暖，四肢柔軟無力，心裡再無憂傷。店裡的燈光很柔和，垂下來的白色布幔在空調吹動下輕輕飄動。偶爾有戴著白色帽子穿白色圍裙的男人探出頭來，把幾碟做好的壽司放在傳送帶上。音樂雜亂。深夜的時候，放的是哀怨的情歌。

我們常逗留到深夜店裡變得空空蕩蕩。門外，有零星的行人，匆促地走路，趕最後一班地鐵。抽菸。小小的青花瓷杯子，留著一小口的酒。絹生手上的銀鐲子在手臂上滑上滑下。

彼此無言。這時候她已經有了嚴重的神經衰弱。

國慶日，絹生回家去看望父母。在這之前，她剛獲得公司全球系統的一個獎項，拿到一筆可觀的獎金，名利雙收。她亦準備跳槽去一家著名的跨國廣告公司任職。在任何人眼裡，絹生都可被稱之為躊躇滿志。

那天下雨，她一早就在房間裡整理旅行箱。她翻出她買給她父母的禮物給我看，織錦緞的真絲旗袍面料，綴流蘇的純羊毛披肩，全套雅詩蘭黛的化妝品。她買禮物從不吝嗇，向來出手闊綽。

她說，我看他們越來越老了，每次回去一趟就覺得不一樣。心裡總是不捨。

我們坐計程車去長途汽車站，絹生的家離上海非常近，坐高速遊覽車只需要幾個小時。骯髒狹小的汽車站裡，絹生的白色刺繡棉衣明亮得刺眼。水泥地上到處都是潮溼而凌亂的腳印，一群渾身散發著臭味的民工扛著尼龍袋子，在人群裡撞來撞去。附近的商店，賣的是茶葉蛋和黃色小報之類的刊物。

絹生在那裡站了半天，然後要了一瓶礦泉水，塞進她的大包裡面。她背著大包擠進排隊驗票的隊伍裡，兩隻手安然地插在她的粗布褲大口袋裡。我看著她，她的頭髮長了，亂亂的辮子搭在背上，橡皮筋有一段是破的。很多時候看起來，她真的是一個再普通不過的女孩，可以嫁一個平淡溫暖的男人，過完她平淡溫暖的一生……可是，在酒會上她那種被簇擁的樣子。那一刻她的笑容破碎，身形寒冷。回頭看我的時候，她的眼神是空的。

我說，妳要早點回來，知道沒有。

她說，知道了。

那一刻，我的心裡像有一隻手搭在上面。我不清楚這是什麼感覺。她是像野生植物一樣瘋長的女子，一直無人理會，然而開出這樣汁液濃稠的花朵來，讓人恐懼……她轉過頭來對我說，我那次來上海，也是一個人背著包在這裡下車。那時候我什麼都沒有，甚至沒有工作，但是有一個男人，在這裡等我。她回頭張望，看著那個空蕩蕩的出口處。

物是人非。她的臉上有悵惘的笑容。

我說，等妳回來的時候，會發現有一個女人，還在這裡等妳。

她笑。她溫柔地看著我，俯過來親吻我的臉頰。她說，別忘記幫我給羊齒澆水。它只需要一點點水。然後她上了車。

她沒有回來。

「11」看一場煙花

在家裡她住了兩天。沒有做什麼事情，只是蒙頭睡覺。像一隻受傷的野獸，找一個陰冷的角落，在黑暗中等待疼痛的傷口癒合。房間裡有許多舊書，包括她十幾歲時買的詩集。牆壁上也是以前的照片，穿著白裙子在海灘上快樂地笑。雖然是已經發黃的黑白照片，依然能看到寬闊天空中流雲的影子。那年她二十歲。她知道時間就是這樣像水一樣，從手指縫間穿過。

母親把她原來的房間打掃乾淨，每天變著花樣煮菜煲湯，想讓她吃得好一點。在上海每天她只能吃速食便當，已經把胃吃壞。晚上和家人一起圍坐著看電視新聞。這在以前是她無法忍受的。但那些個晚上，她很安靜地給父母泡茶，遞話梅，陪著他們聊天。半夜睡覺的時候，她聽到母親偷偷進來，幫她蓋被子。

在上海，她和他的家人住在一起的時候，她是外人。寄人籬下，這是她從小被放逐的性格所無法忍受的。然後她搬出來，獨自一人，無所依靠，這種孤獨帶著童年陰影的寒冷。她的生活始終殘缺。但是，這個城市她已經無法停留。

有時候也出去走走。看看以前的學校，街道，小巷……這個城市的確俗氣而狹小。很多人有一張被富足狹隘生活麻木了的臉。如果要在這裡繼續生活下去，心裡要非常平淡才可以。

那條有法國梧桐的路，曾經有一個人等她。他的笑容她還記得。然後她離開了這個城市，他結婚了。任何人都一直在傷害著或被傷害著。誰又可以抱怨誰。

她去看了舊日最好的女伴喬。喬剛剛生下一個孩子，身形依然臃腫，全然失去了生育之前的清純。小小的嬰兒，有粉紅得近乎透明的小手和耳朵。喬的房子很小，生活境遇也始終未曾好轉，但是有疼愛她的男人和可愛的孩子。喬撩起上衣給孩子餵奶，臉上是坦蕩的母性而無任何驕矜。是的，一個女子的生命已經全然改變。她的心已經不再只屬於她自己。

她抱了那孩子。親吻她。她笑。這一刻她感覺到快樂和罪惡。她失去過自己的孩子，始終認為自己是罪孽的。但是又能如何呢。她的生活和喬不同。她是始終要往前走的，她是始終只能依靠自己的……她告辭出門，走在夜色中的時候，突然很想打電話給他。他是她最後一個男人。她已經累了。但當想停下來的時候卻發現自己停不下來。

她說，你過來看看我。他不願意來。他的聲音很渾濁，顯然是在酒吧喝酒。他說，我不想面對妳父母。

她沉默。然後他說，妳來杭州嗎？杭州有一個夜晚會放煙花。她的眼淚就是這樣沒有聲音地順著臉頰流下來的。她控制著自己的聲音，讓它沒有任何變化。

她問他，你愛我嗎？他在鬧哄哄的酒吧裡，用醉意深濃的腔調，粗著嗓門對她說，妳就喜歡說些廢話。我身邊很多朋友吶。

他又是和一大幫身分不明的所謂客戶或朋友在一起。他喜歡集體生活。只要一安靜下來，他就會渾身鬆散，只能躺在沙發上看電視。一場接一場，永無止境……可是這是唯一跟她血肉相連的男人。她想放開自己去接納男人。一切已經註定。

他頹廢狂野的心也許等十年以後才能安靜。可是她的心在緩慢地老去。老得即將破碎……

她第二天上午在汽車站買到最後一張去杭州的票子。

在E-mail裡，她對我說：在長時間的彼此傷害和逃避以後，所有的意圖和結局已經模糊不清。愛情可以僅僅是某種理想的代名詞。而我，只是想和他一起看一場煙花。

「12」去往世界盡頭的路途

高速遊覽車在公路上飛馳。窗外大片綠色的田野和幽靜的鄉間房子。有狗在田埂上漫步。陰沉的天空，有大片重疊起來翻捲的雲層。她看著這一切，心裡如死水一樣平靜。

他來車站接她。十月的天氣已經蕭瑟，她赤腳穿雙涼鞋站在街口，手裡捏著一瓶礦泉水，長髮垂在胸前。他帶她到酒店，他洗澡，出來的時候看到她站在窗戶前發呆。他說，為什麼妳總是不能高興一點，我虐待妳了嗎？他不看她，開始一個人對著電視抽菸。

她也想抽菸，被他一把打掉。不許抽菸，他乾脆地說，我不喜歡女人抽菸。

七點四十分，外面下起雨。所有機動車沒有辦法進入西湖邊，只能步行進去。大街上擠滿了人，雨下得很大，地面潮溼骯髒。空氣中有煙花燃放的隆隆的聲音，天空被照亮。他們走了一段路，擠進人群裡，抬起頭看到竄升上去的煙花，在空中絢麗地綻放，然後熄滅。一切非常短暫。在某段可以預見的時間裡，它在重複和繼續。是知道有結束的時候的。每個人都知道。只是在那一刻裡，根本無法動彈。站在大雨中，呼吸緩慢地看著它。結束就這樣逼近。

大雨很快把頭髮和衣服全部淋溼。她冷得渾身顫抖。他把她帶到樹下，讓她站在那裡，然後自己擠出去買傘。小店鋪的生意好得不得了，很多人擁擠著買傘。他撐著傘又跑回來。他站在她的身後，一隻手擁著她在懷裡，一隻手撐著傘。他的嘴唇輕輕貼在她的頭髮上。他們的手交握在一起。他們看煙花。

差不多是一個小時。隆隆的聲音平息，大街上的人群開始疏散。天空黑暗沉寂，似乎未曾發生過任何奇蹟。

回家的人群，神情淡然，談論著回家看電視或者去吃消夜。街上的公車，自行車和人潮在糾纏中發出刺耳並且喧囂的聲音。他們夾雜其中，慢慢往前移動。前面有個男孩把他身邊的女孩背了起來，女孩的衣服很短，露出腰部赤裸的潔白皮膚，放肆地笑，手臂緊緊地環住男孩的肩頭。曾經。曾經他們都以為愛情是長久的。又有人跑到大雨中，用衣服蒙住頭接吻。

她看著他們笑。

半路接到一通電話。是上海她準備跳槽的廣告公司打來的，總經理對她說，如果她過去，將給她升職。她的前景是一片坦途。她沒有對他說這些。她的生活是可以預見的。更加忙碌，日夜顛倒，繁華一層層褪去後只餘荒涼。

沒有人在她深夜回家的時候擁抱她，沒有人能夠和她一起看到天荒地老。

她是可以絕望的。

回到酒店。她發現自己在出血。但黑暗中他看不到。她不告訴他。他們開始做愛。皮膚和皮膚彼此融化。她所有的恐懼和寒冷就此消失，世界退去，只剩下纏綿的親吻和撫摸。這一刻他需要她。他要把她融入到他的骨骼和血液裡面。他把自己的液體和氣息給她。遠離一切傷害和背叛。他的身體，他的意識，他的靈魂，都在這裡。不需要語言，沒有眼淚。

黏稠新鮮的血，從她的身體深處流淌出來。潮水湧動上來，去往世界盡頭的路途。童年的海島在遙遠的地方，夜色中的航船，漂泊在無際的大海中。

他的諾言。他站在車站的出口，穿一件黑色的T恤，手指夾著菸，笑起來可以這樣英俊的男人。她在醫院裡痛失的無法出生的孩子，渾身泡在血泊裡面。深夜她哭泣的時候，他躺過來把她抱進他的懷裡……她緊緊地，緊緊地，擁抱住他。

煙花。那一夜的煙花。她記得他在大雨的人群中，站在她的背後。擁抱住她。他溫暖的皮膚，他熟悉的味道。煙花照亮她的眼睛。一切無可挽回。

「13」消失的，記住了

絹生在清晨三點多的時候，在酒店裡自殺。他並不在現場。他凌晨一點和朋友出去，在巴那那夜總會和小姐玩牌。早上四點回來的時候，發現酒店大廳前門已經被員警封鎖。她從三十樓的酒店房間窗戶裡躍身而下，當場身亡。

她穿著一條白裙。她從汽車站出來的夜晚，他等在門口接她去他家裡。她拎了一個旅行箱來投奔她的愛情和未來。她的鞋子整齊地放在洞開的窗戶面前。窗臺上有許多熄滅的菸頭。看得出她曾坐在窗臺上觀望樓下的萬家燈火，猶豫了很久。手機打開著，放在窗臺上，她想打個電話給誰，但不知道可以打給誰。曙光漸漸出現，城市的天空出現了灰白，寂寥的空氣裡有清涼的露水。新的一天即將開始，她無從迴避。

世界已無值得她留戀的東西。她終於是要放棄掉他。那個在她喪失愛的能力之前，愛上的最後一個男人。

這一年的夏天就這樣過去了。

「14」我終於原諒了她

生活還是如此美好。

洗澡的時候，我看窗臺上的那盆羊齒。它真的只需要一點點水，就可以活得那麼快樂茁壯。Rose希望我寫個較長篇幅的小說，並且許諾給我值得驚喜的稿酬，於是我開始寫小說〈彼岸花〉。也許寫完以後，明年，我會有錢有時間開始一次長途的旅行。

我還是一個人住。沒有人在黑暗中撫摸我蜷縮的膝蓋，沒有人把我扭曲的身體扳直……但是那又有什麼關係。我開始每週週末去健身房鍛鍊，為我的旅行做準備。旅行使人感覺一切都可以重新開始。

那個稱我為小仙女的愛爾蘭巧克力男人，每週約會我一次。有一次他問我是否想去看看他家鄉的平原，那裡的牧羊女會唱美麗的民謠。他是一個巧克力代理商。來自歐洲那個神祕的瀕海國家，那裡盛產雨季和美麗的音樂。我沒有回答。因為我想給他出現和失蹤的自由。這樣才可以保留我自己的自由。

一個人要得到什麼，他就必須先付出什麼。這是真理。

我習慣深夜十二點左右打電話給他。我對他說，這是中國傳說裡的仙女偷偷下凡來洗澡的時間。

小仙女，他說，妳找得到回天堂的路途嗎？

天堂有巧克力可以吃嗎？

也許有。

那我還回去做什麼，這裡已經有了。

我們的對話常常因為彼此的瞌睡而出現沉默。然後醒來，然後又說話。

我知道二十五歲以後的女子遭遇愛情的機會將漸漸減少，但也許遭遇到傳奇的機會可以增加。

秋天。馬路邊高大的梧桐樹，飄落枯黃落葉，沙沙有聲，令人愉悅。我開始減少酒精、尼古丁、鎮靜劑的用量，這樣晚上可以堅持較長時間的清醒。我一直悶頭寫字。在我幾近被現實遺忘的房間裡。那裡只有中午的時候，才有陽光透過桂花樹的葉子，零星地灑落在我的電腦桌上。

寫得頭暈眼花的時候，我就把赤裸的腳擱在桌子上，伸展腳趾，讓它們晒太陽。

然後點燃一根菸，看著魚缸裡的熱帶魚，沒有表情地游來游去。牠們有健康而強壯的心，不需要愛情，從不流淚。牠們始終是我的榜樣。

很長一段時間，我沒有為絹生掉過眼淚。也許對她的死早有預感，或者死亡的陰影一直離絹生太近。看到她血肉模糊的臉，讓人感覺她是個玩髒了沒來得及洗乾淨的孩子。一張破碎而天真的臉。絹生的所有物品均在我的房子裡，她的父母來搬運的時候，哭得數次暈倒在地。誠然絹生以前曾對我提起，她和父母之間關係淡漠，從小一直孤兒般地長大，但看到老人的傷痛，我感覺到的，卻是絹生始終對人的懷疑。她需要感情，因為一直未曾得到，所以開始懷疑所有人。

還有一些東西遺漏，仍留在她的房間裡。零散的照片，是她來上海以後拍的。在外灘的舊式建築前，絹生特有的我行我素的味道，在陽光下淡淡地微笑。和那個男人在一起，在他的懷裡，笑得像個孩子，露出潔白的大顆牙齒……還有日記，每一頁記錄著她一天裡發生的事情。她用流水帳似的平淡口吻敘述，簡潔地，一句輕輕帶過。她是透徹的。只是一個容易感覺孤獨的人，會用幻覺來麻醉自己。最後依舊是失望。

在她死去的第七天，我半夜寫完小說，聽到絹生的房間裡有聲音發出。不是我平時在寂靜中常常聽到的桂花樹葉在風中摩擦的聲音。似乎是輕輕的笑聲。

我沒有開燈，摸黑穿過客廳，推開她的房間。潔白的月光灑在房間中央空蕩蕩的大床上。我看到絹生，穿著她的白裙，光腳，坐在床邊抽菸。她對我笑。

我說，妳為什麼不回來，絹生。妳以為妳這樣就報復他了嗎？如果他不愛妳，他根本就不在乎。絹生笑，在地板上沒有聲音地走動。她的菸還是紅雙喜。這是我們常抽的牌子。她似乎是不願意來和我爭辯。她終於對一切釋懷。

我說，絹生。最起碼妳可以愛自己。我恨妳從來未曾懂得珍惜。我的眼淚終於掉下來。

元旦。我獨自去外灘看煙花，擠在人堆裡看漫天的煙花隆隆地綻放。江風寒冷刺骨，空蕩蕩的高樓顯得肅殺。我看了一半，開始害怕，想會不會在人群裡碰到那個男人。或者他會帶著他的新伴侶出現，從背後擁抱住她，在寒風中親吻她的頭髮。人頭攢動，似乎沒有太大的可能性。後來又笑自己的狷介，每個人有自己的宿命，一切又與他人何干。

在人群裡，一對對年輕的情侶，彼此緊緊地糾纏在一起，旁若無人地接吻。愛情如此美麗，似乎可以擁抱取暖到天明。我們原可以就這樣過下去，閉起眼睛，抱住對方，不鬆手亦不需要分辨。因為一旦睜開眼睛，看到的只是彼岸升起的一朵煙花。無法觸摸，不可永恆。

就在這一個瞬間，我體會到了絹生。

她在寒冷的大雨中，在那個男人的懷抱裡看到繁華似錦，塵煙落盡。

她在黑暗情慾中期盼逃離的世界盡頭。

她在三十樓的玻璃窗前，光著腳坐在窗臺觀望到的萬家燈火。

她的放棄。

我終於原諒了她。

【END】

七月與安生
短篇小說集

作　　者／慶山
發 行 人／黃鎮隆
副總經理／陳君平
總 編 輯／洪琇菁
執行編輯／陳昭燕
美術監製／沙雲佩
美術編輯／方品舒
國際版權／黃令歡
企劃宣傳／邱小祐、劉宜蓉
文字校對／施亞蒨
內文排版／謝青秀

國家圖書館出版品預行編目資料

七月與安生 / 慶山作 . -- 初版 . -- 臺北市：
尖端 , 2018. 08
面；　公分
ISBN 978-957-10-8228-8（平裝）

857.7　　107008366

出版／城邦文化事業股份有限公司　尖端出版
台北市 104 中山區民生東路二段 141 號 10 樓
電話：（02）2500-7600　傳真：（02）2500-2683
讀者服務信箱：7novels@mail2.spp.com.tw
發行／英屬蓋曼群島商家庭傳媒股份有限公司城邦分公司　尖端出版
台北市 104 中山區民生東路二段 141 號 10 樓
電話：（02）2500-7600　傳真：（02）2500-1979
劃撥專線：（03）312-4212
戶名：英屬蓋曼群島商家庭傳媒（股）公司城邦分公司
劃撥帳號：50003021
※ 劃撥金額未滿 500 元，請加付掛號郵資 50 元
法律顧問／王子文律師　元禾法律事務所　台北市羅斯福路三段三十七號十五樓

台灣地區總經銷／中彰投以北（含宜花東）　楨彥有限公司
電話：（02）8919-3369　傳真：（02）8914-5524
雲嘉以南　威信圖書有限公司
（嘉義公司）電話：0800-028-028　傳真：（05）233-3863
（高雄公司）電話：0800-028-028　傳真：（07）373-0087
馬新地區總經銷／城邦（馬新）出版集團 Cite（M）Sdn Bhd
電話：603-9057-8822　傳真：603-9057-6622
E-mail：cite@cite.com.my
香港地區總經銷／城邦（香港）出版集團 Cite（H.K.）Publishing Group Limited
電話：852-2508-6231　傳真：852-2578-9337
E-mail：hkcite@biznetvigator.com

版　次／2018 年　8 月 1 版 1 刷　Printed in Taiwan
2019 年 10 月 1 版 4 刷